Amor Prestado
"Flor sin Retoño"

Título original:
AMOR PRESTADO
"Flor sin Retoño"
Autor:
©Wilian Arias
Corrección:
Dulce María Sotolongo
Diseño de portada:
JAVINZI
Sello: Independently published
Primera edición: noviembre, 2021
Habana, Cuba

Tabla de Contenido

Dedicada a una persona muy especial que no supo cuando empezó a vivir un *amor prestado*. De la misma forma consagro también esta historia a todos aquellos que anteponen los principios por encima de todo, tal cual lo hizo Félix/Flor, al renunciar a quien más amaba.

Amor prestado

—Eres casi un príncipe —me dijo él.

—Tú también eres casi un príncipe —le respondí, sintiendo que mi amor era rasgado por mis palabras al dejarlo partir, sabiendo que nunca sería mío. También sabía que esa frase fugada de su embocadura había coexistido mucho tiempo en su corazón, y por fin se había liberado para ir a donde pertenecía, a mis sentidos.

Yo le dije:

—¿Y estás soltero ahora?

—No, no lo estoy. Un príncipe rara vez estará soltero —me respondió

Prólogo

Era la tarde del quince de enero del 2021, la playa Marina del Rey en California estaba desolada, pues, por prohibiciones debido a la pandemia de COVID-19, no había mucha gente. Me encontré una silla de playa, seguramente alguien la olvidó y me hizo un favor, porque yo no tenía una. Me senté, miraba la tarde irse, la brisa era fresca, muy fresca, pues aun era invierno. Las olas con severidad golpeaban las rocas como la vida me había sacudido a mí. Las golondrinas, las gaviotas, los alcatraces y los pelicanos sobrevolaban, comían peces, de presto me había levantado de la silla, caminé un poquito, mis pasos no eran rápidos, de pronto vi la playa acordonada, escuché sirenas, la guardia costera, patrullas policiacas, ambulancias, bomberos, y se había juntado un grupo de transeúntes curiosos, mirando a un viejo muerto a la orilla del mar.

Estaba sentado en una silla, tenía un cofre abierto con algunas cartas, una pequeñísima tortuga de porcelana, el retrato de un garboso gringo, trabajo de un profesional retratista. El fallecido abrazaba una carta, aún puedo escuchar en el eco pronunciando lo que decía esa carta en sus breves y leves notas, se trataba de la última conversación que tuvo con el amor de su vida, esa que fue a través de sus teléfonos móviles, en mensajes de texto que él había impreso para atesorar con las otras seis cartas de amor. Puedo escuchar al viento trayéndome la historia en el aire, contándole al mar y al orbe de la triste historia de una flor que vivió su vida esperando que un día su cuidador volviera para reanimarse. Fue hace 40 años que lo conocí, vestido con la misma belleza intrínseca a su exterior, su sonrisa, su carisma, su porte y elegancia, su altura, uf, sí que era alto, yo le llegaba abajo del corazón, aún así lo amaba, no por su blanca tez, rubia cabellera, ojos de miel, sino por su manera de ser conmigo.

No todos los seres que se fecundan consiguen nacer, no todos los amores que nacen se llegan a cristalizar, algunos solamente nacen para ponerte en solemne condena de amarles siempre, aunque jamás los tengas contigo físicamente, así le sucedió a una flor y a su cuidador.

Capítulo 1
Lo conocí un quince de noviembre

—No siempre fui libre, una vez tuve alas sin plumas, permití que los deshonrosos calificativos de la sociedad acabaran con cada una de mis valerosas plumas, por ello no podría salir de mi closet de incertidumbres, hacia dónde me amilanó el desasosiego para enclaustrarme, porque mis miedos me hacían débil ante la verdad de quien era realmente, ya que aún no podía ser yo en aquella época de 1980.

En Orange County, California, se escuchaba el eco de una popular canción de la intérprete a la que llamaban; «La reina del Tex-mex». Su multitudinaria canción *Amor Prohibido* era canturreada con frecuencia femenina, también se oía el descorchar de una botella de licor, a medida que florecían los segundos bajaba el licor de la botella a un vaso de fino cristal escocés. Sí, era Félix, un veterano bien conservado pese a su edad, bastante vigorizado, con ademanes femíneos. La sala de aquella residencia donde se hallaba el veterano, era aderezada con riquezas estilo romano clásico, agregaba un aire especial del mediterráneo. Se podían apreciar columnas dando toques de elegancia, varios arcos decorados con flores naturales, las cenefas eran uno de los elementos necesarios dentro del estilo, y claro, no podían faltar pinturas de dioses, campos y coliseos, paisajes griegos. Las pinturas estaban colocadas en ostentosos marcos, había invertido mucho en elegancia y ponderación. Sobre la barra del bar, estaba un vaso que contenía una bebida llamada *Adiós motherfucker*, un cóctel de vodka, ginebra, ron, tequila, 7up y blue curacao. Después de disfrutar un sorbo, el viejo cogió un plumero y empezó a desempolvar recuerdos que conservaba en una vieja caja, estimulando su memoria con heridas abiertas.

—Pudo ser tan fácil —expresaba con fértil nostalgia, mientras de la caja extraía un porta retratos que desempolvaba con escrúpulo, como si humectara su añeja piel con algún grácil cosmético—, pero no fue. Pudo más nuestro miedo a ser dichosos, y porque a mí me tocó tan solo disimular. ¿Por qué?, si solo le amé de más, no lo pude evitar; escucho el sigiloso eco de mi inmarcesible memoria hablándome de él, la nostalgia me concome, me hace escribirle cartas que jamás podré proporcionarle.

Se acercó a la jaula donde tenía una pareja de agapornis, avecillas de gran colorido, originaria de África, que se han ganado los nombres de *aves del amor o inseparable*, por la fidelidad y el afecto que manifiestan hacia su pareja. Félix contuvo una leve pausa, los vio amarse, sintió ese celo y añoro de no haber sido así su historia.

—Amigos, ¿Cuántos de ustedes han amado en silencio? ¿Verdad que es muy triste y doloroso? Y él, él se fue, él me enseñó adorar esto —sujetó su *Adiós motherfucker*, sin soltar la nostalgia y la desdicha continua departiendo con los pajaritos, a quienes les dice—: Por favor, si hay niños, tápenles los ojos, porque he de consumir mi delirio, mi bebida, y no desistiré bajo ninguna presión —casi se terminaba aquel trago, tomando sin control proseguía su parloteo—: ¿Dónde estará él? A veces se nos apaga el sol, la luna y las estrellas, se nos viene encima un diluvio de lágrimas capaces de tirarnos como una fuerte ola en la mar, todo eso producto de pasajes en nuestra vida. Lamentablemente él no alcanzó a saber que no era parte de mi historia, sino fragmento de mi vida —con un pequeño recipiente empezó a rociarle agua a las flores que decoraban los arcos de la vivienda, mientras les hablaba como si ellas fueran amigas con quienes desahogaba sus pesares y desamores—. Estoy seguro de que ustedes también tuvieron un amor como el mío, un amor que ya tenía su conquistador. Ándenle, permitan que este viejo quisquilloso tome asiento, es que me duele hasta el... ¡um! —sus gestos indicaban de que le dolía hasta el trasero debido a lo longevo que era; pero prosiguió con sus recuerdos—: No mal piensen, me duele hasta el último hueso, por eso coman saludable, dejen esas dietas fastidiosas que solo nos hacen ver con caras de espectros de la noche en vísperas de muertos.

Félix hablaba desde su mecedora, situada frente a la chimenea donde yacían columnas de libros. El viejo melancólico, lleno de remembranzas, permaneció hablando con melancolía.

—Historias abiertas, cual corazón que se abre para dar amor. Oh, hermosos dolores no cicatrizados, solo el que siente dolor sabe el verdadero sabor del amor. Hay sueños de los que no deseamos despertar, yo me dormí, tuve uno de esos sueños que me llevaron al paraíso. Soñé la felicidad con el amor; pero desperté y todo era... solo un amor ajeno.

Lo conocí un quince de noviembre, y esa fecha se convirtió en mi favorita, aunque su cumpleaños era el noveno día del mes de julio, hasta en eso sincronizábamos, porque cinco días antes era mi cumpleaños. Pero les voy a dejar con la duda, porque mi senil mente lo revuelve todo; pero voy a rememorar y contar como fue nuestro amor.

Tomó entre sus manos un viejo álbum, vio otra fotografía con desmedida nostalgia, frotándose el rostro limpió sus lágrimas y la extrajo del álbum, mientras expresaba luctuoso:

—Algunos dicen que un amigo es un familiar que escoges, en mi andar yo elegí un amigo a quien miraba como mi hermano, en quien deposité la confianza de mis sueños, esperanzas e ilusiones, y todo cuanto en bienes materiales poseí; pero él malversó mi confianza en todos los sentidos, padecía una enfermedad llamada *envidia*. Pero ¿saben?, no estoy enojado, ni le guardo rencor por tanto daño que me causó —ojeaba el álbum en el que también había dibujos de cuando era joven, junto a su inseparable amigo—. Mayito me enseñó que yo debía amar a las personas con virtudes y defectos, malo o bueno, mi hermanito me dejó en herencia los mejores recuerdos, las locuras que no se compran con dinero, locuras de juventud que no las borra ni la edad ni la enfermedad. Él fue todo lo que tuve, y yo fui todo lo que tuvo —cuando hablaba de Mario, reflejaba una gran añoranza y dicha a la vez—. Ay, mi loquito favorito —las lágrimas y sollozos se despegaron de lo más recóndito de su ser, de su mecedora se levantó, se dirigió hacia la chimenea, y allí yacía el cuadro pintando por algún gran artista, donde estaban dos personas, una aderezada en estilo y belleza de una geisha, ataviada con el fino oriental kimono, y el otro era un gallardo flacuchento joven, con tez blanca y cabello negro. Ambas personas eran la misma, el tan mencionado Mario, de quien el lánguido longevo se expresaba con profusa consternación, y a la vez con buenaventura —. Él me enseñó a vivir la vida llena de locura, mucha gente decía que su felicidad era falsa, siempre se reía de todo y hacía bromas con todos, era muy peleonero; pero en el fondo nunca tuvo ningún tipo de amor, y juro le faltó el mejor cariño, el amor propio —las sirvientas pasaron limpiando los muebles, una de ellas solía ser metiche, pero eso contagiaba a la otra, así que el señor Félix las miraba a ambas y grácilmente les decía—: Es que en verdad Mayito no me enseñó todo eso, pero...

Y el par de intrusas interactuaron con él. Por cierto, ambas empleadas eran un transgénero y un chico gay, muy fino y delicado.

—¡No mientas, queridito! —le dijo la transgénero, de nombre Zullé—. Dicen que era muy mala hierba.

—Era una jota ambiciosa y malísima —dijo Santis, y Félix jocosamente les respondió:

—Bueno, les confesaré el secreto: Mayito no me enseñó todo esto, es la verdad... pero no seamos malitos, hay que ver su lado positivo —le miraban dudosamente, siguieron limpiando y escuchando al viejo cuchichear con sus evocaciones.

—Si tu amigo te defrauda, no creas que es por maldad, todos fallamos, no juzgues a tu amigo —las sirvientas tomaron asiento, una subió los pies sobre la mesita y se sirvió un trago, mientras el viejo les decía—: Sí, no juzguen a un amigo sin antes conocerlo muy bien. Ahora que soy un viejo, puedo decirles que el amor no es cuestión de suerte.

—¡Te lo dije! —le dijo Santis a Zullé, quien respondía:

—El amor es cuestión de plata o de eso que está más abajo del ombligo, por el valle de los pelos.

—¡Niñita! —exclamaba Santis.

—No, mis queridos amigos, el amor es cuestión de bondad, de sentir. Hay amores capaces de marcarnos hasta nuestro último suspiro. Ningún amor es un error, aquel que solemos llamar mal amor, solo estuvo en tu vida para enseñarte que no todo en la vida es para siempre.

En ese momento entraba Mary, su abuelo Félix continuaba bebiendo, veía detenidamente como su nieta se idolatraba, gracias a su grandiosa belleza, caminaba y se pavoneaba frente al espejo de la sala. De vez en cuando, el abuelo miraba el retrato junto al espejo, ese en el que figuraba junto a su difunto esposo, Ignacio, y su también difunta hija, Alma Delia. En esa imagen aparecía la difunta con su hija Mary en brazos.

—Soy tan hermosa que las feítas, cuando me ven, mueren de impresión. Es más, soy tan bella que al buscar en Google el término «belleza» aparezco yo.

Su abuelo se puso en pie al tiempo que consumía un sorbo de su trago, sus sirvientes permanecieron sentados como sin nada, sintiéndose familia de su patrón, mientras el longevo de blancos cabellos dirigió su concentración hacia su nieta.

—Mary, si tu madre viviera, moriría de vergüenza por esas acciones tan vánales.

—Abue, ¿por qué mejor no les mandas un *tweet* a tus amiguitas borrachas y las invitas a terminarse las cantinas de la ciudad?, de paso te llevas a este par, que en lugar de hacer sus tareas te acompañan y secundan tu vicio.

Avergonzados, los sirvientes se pusieron de pie, al momento Félix le respondió a su nieta:

—Mi amor, yo también fui igual o más primoroso. Mírame, la juventud y la belleza son fugaces, en cuestión de momentos no existen más. Si no las disfrutas las lamentas, no hables mal de aquellos que no tienen el mismo grado de apariencia física que tú, porque a ellos no les importa tu tonta vanidad, que termina así, llena de arrugas, tan plegadas como las mías.

—¡Ay, abue! O sea, yo si voy a cuidarme, me pondré muchas cremas, me casaré con un cirujano plástico —dijo Mary. El abuelo quiso contarle pormenores de personas que fueron hermosas como él.

—Mi dulce princesita, no hay dinero que evite la rugosidad del alma, cuida de tu alma, antes de que se contraiga de tanto dolor, porque de nada te sirve un físico plástico y un alma arrugada, no serás feliz. Permite que nazcan en ti vergeles de belleza interna. Mi cielo, yo fui inmensamente deseado —a la joven le causó interés lo que su abuelo decía, aunque fingiera lo contrario—, fui la flor que muchos quisieron injertar en sus encantadores jardines, fui debilidad para los fuertes, deseo para los hombres y mujeres, fui una representación de los cabaret —y miró a sus empelados, también diciéndoles lo mismo—: Oh, no, no pongan esas caritas, solo fui bailarina, no vendí mi cuerpo. En mi vida existieron solo tres hombres, uno me hizo aprender que el cielo y el infierno son dos escalas que el amor te puede llevar a conocer gratuitamente, los otros dos, uno fue el amor de mi vida, y el otro, tu abuelo Ignacio, con quien adopté a tu madre, misma que al partir me dejó el mejor regalo: a ti —Nostálgica por aquellas palabras, Mary le dijo a su abuelito:

—Abuelito, cuéntame esa historia. Me estremeces.

—Aún recuerdo cuando se inauguró el cabaret *El Paraíso*, todo era glamour, lentejuelas, con su extravagante belleza la noche seducía a cualquiera. El transformismo en mí ocultaba a la perfección mi piel masculina, cuando me convertía en Flor, yo era una mujer en todos los sentidos. Nadie sospechaba que yo era un hombre, algunos me conocieron, como él, fui su flor sin retoño, la que él hizo retoñar con su cálido amor ajeno.

—¿Has dicho, Cabaret El Paraíso? —Mary se sentía atraída por el velo misterioso que se escondía tras las noches de cabaret de la época, en la que su abuelo fue uno de los más codiciados travestis.

—Sí, mi amor, eso he dicho.

Sobreexcitada, la muchachita prestó mayor atención a su abuelo, parecía que compartía algo mutuo con él, a quien felizmente daba besitos en sus mejillas, mientras le decía:

—Abuelito, esta noche reapertura ese lugar.

Aquella confesión de su nieta encendió una recóndita luz en el ser de Félix, como cuando uno va al teatro y se manifiesta un oscuro total, mientras el telón abre y las luces empiezan a elevar su brioso fulgor. Así se sentía el alma de Félix, como si una esperanza guardada en lo secreto de su mente y corazón al fin retoñara.

—¿Lo dices en serio o solo vacilas mi añosa cabeza?

—¡Sí! Lo digo en serio. Bromeo y jugueteo contigo, pero esto es real.

—Ahí retoñó la flor de mi corazón, con el que soñaba pasaría el resto de mis días. No fue así, era ajeno, nunca en mi vida me había gustado lo ajeno, hasta que lo conocí a él.

Santis y Zullé exclamaban:

—¡Qué lindo!

—Y ya me ves aquí, 68 años de vida y lo sigo amando. Comencé a consumir licores cuando supe que el amor de mi vida era casado, y que no tenía oportunidad alguna más allá de llevármelo a la cama. Pero yo no quería eso, quería llegar a su corazón y que él viniese a mi alma. Perdona mis expresiones y tristes emociones —Félix, sujetó el retrato de Jim, ese que había pagado para que lo delinearan tal cual lo había descrito él—. Yo te amo como eres, con todos y cada uno de los pliegues de tu vida. Aunque nos cuesta entendernos, porque tú hablas poquito español y yo poquito inglés. Pero no fueron nuestras edades, nuestras germanías ni nuestras diferencias las que nos separaron, sino nuestros miedos y obstáculos.

—Abuelo, lo siento mucho —le dijo piadosamente su nieta—. Ahora entiendo por qué consumes alcohol, no lo apruebo, pero entiendo que quizás anestesia levemente ese amor que aún vive en ti.

—Sé que parezco rosa recién cortada del jardín, marchitando a la velocidad que la luz se vuelve ocaso. No puedo evitar marchitar mi semblante cuando lo evoco, porque fue mi primer amor, el amor de mi vida. Sin embargo, al recordarlo mi corazón siente vida, porque preferí perderlo para verlo feliz, que retenerlo para hacerlo infeliz. Yo entendí que el verdadero amor es libertad, no atadura.

La nieta y los empleados del viejo Félix estaban abrumados con la triste historia que relataba el abuelito.

—Me parte el corazón conocer tu historia. ¿Abuelito, te gustaría ir al Paraíso, esta noche?

Él no titubeó un instante en responderle:

—El dolor es el signo que te hace saber que amaste con todo tu ser, por otra parte, mi amor, ¡¿ir al cabaret?! ¡El cabaret es mi vida!, todos estos años lo extrañé, supe que murió don Fred, el antiguo dueño del Paraíso. Lamentablemente no pudimos asistir a su sepelio, sin embargo, ir me traerá muchos recuerdos. Sería como alimento para mí existir.

—¿Y si... te hace mal? —mencionaba la nieta, un tanto preocupada por el abuelo, sin embargo, él la contradijo:

—No, recordar me haría sentir que estoy vivo. Y nada me daría más grato placer que volver a donde lo conocí. Mi pequeñuela, el amor deja huellas imborrables, y no todos los amores nacieron para sobrevivir a las tempestades. Ya lo ves, en el cultivo se siembran grandes parcelas y no todo sobrevive, igual es en el amor.

—Abuelito, ¿me perdonas? —Y viéndola con ese duradero amor de abuelo, Félix preguntó:

—¿Por qué, mi pequeñísimo retoño?

—Porque yo soy el jazmín del paraíso. No pude decírtelo, quería trabajar ahí, era mi sueño y lo conseguí.

Y en ese momento, Zullé y Santis dijeron:

—¡Ella, que perrísima!

—No —dijo calmoso y bastante alegre, como si volviera al fantástico mundo de los cabarets—. ¿En serio, mi amor?

Félix en el fondo se oponía a que su única nieta repitiera su historia.

—Sí, abuelito, lo haré, porque es mi deseo, mi pasión, y no hay forma de revocar mi voluntad.

Mary tenía el carácter de él, no habría forma de que la muchacha desistiese, y eso lo tenía bien sabido don Félix.

—Mi amor, debería enfadarme, pero no he de ser yo quien corte las alas de tus sueños, lo que sí haré, es aconsejarte que todo sea arte, no mercar tu cuerpo, es una de las reglas que inventé y siempre atendí. Cuidado con tus acciones, que de ellas responsable serás.

—Abuelito, no venderé mi cuerpazo, ¿como crees que este decoro de cuerpo que heredé de ti podría ser para que se lo coma cualquiera?, no abuelito —Mary poseía gran amor por sí misma, aunque su vanidad pareciere mala, no lo era, solo era una chica sin amigas, y su único pasatiempo era tomarse fotos, subirlas a las redes sociales y divertirse con halagos.

—Mi amor, enorgullécete cuando también por dentro tengas la misma belleza que tienes por fuera.

—Bien, esta noche nos vamos de parranda, todos —dijo Mary, sonsacando al viejo alegre y a la servidumbre. Entonces Zullé y Santis al unísono intervinieron:

—¿Todos?

—¡Todos! —confirmó Mary.

—Nos pondremos perrísimas. Sacaremos nuestros mejores brillos, esa lentejuela que siempre he soñado estrenar, luciéndolo en un pomposo lugar como el paraíso —mencionaba Santis con su exquisito porte.

Y Félix manifestaba lo que su ser sentía de solo saber que El Paraíso reabriría las puertas, apoyado a su bastón forrado con los colores del arcoíris, y con una bailarina de cabaret en el vértice, se explayaba departiendo:

—Baile, lentejuelas, plumas, vestuarios, escenarios, luces, bambalinas, hasta los olores a tabaco y ron. Ay, amo la música, adoro ser un feliz viejito callejero —su semblante exponía a un hombre revivido—. ¿Qué tal si me complaces esta noche con una cancioncita y quizás un par de mojitos y un *adiós motherfucker*? —proponía el abuelito, y su dulce nieta con ternura le respondía:

—Para mi abuelito hermoso, lo que sea, me lo haces saber allá y con ello abro mi show.

—¡Esa es mi nieta! —con seriedad añadía—: Cuídate de no ser odiada, los artistas que no poseen el don con vehemencia, suelen odiar por envidia. Trata de ser sonriente, complaciente; pero nada de comerciar el cuerpo, no mi amor, tu vida personal ponla fuera de los escenarios. El amor, deja que llegue solo, no te enamores de un hombre casado, o revivirás mi historia.

—Esta noche conoceré a un hombre que me escribe en privado por mi Instagram, y me encanta, se llama Johan. Tenemos más de dos años interactuando por redes sociales y llamadas telefónicas, y con emails, lo que en tu tiempo llamarías cartas de amor.

—El amor es bonito, vívelo, cuídalo cuando lo tengas, y no le pongas peros por edad, apariencia física o esos protocolos sociales que solo te hacen infeliz. Demuéstrale al mundo que el amor es solo eso: amor. Tu abuelo Ignacio y yo hicimos una hermosa familia, espero que tú también.

Mary le dio un beso al anciano y se marchó, con ella se fueron los empleados, quienes le ayudarían a prepararse con indumentaria y demás menesteres de la gran noche.

Felix suspiró, ingresó a la biblioteca, del librero central extrajo una cajita de madera. Por como la apreciaba, se percibía que guarda remembranzas, la abrió, su nostalgia incrementó al ver cartas que jamás le envió a su bienhadado. Se reclinó en un extremo del escritorio estilo de la época de Luis XVI, neoclásico y de madera de caoba. Abrió el escritorio, allí reposaba una fotografía en sepia de un hermoso hombre, vestido de príncipe. Miró el reloj antiguo que su bien amado cargaba en su bolsa, estilo Cortebert con cadena Roskopf, y no era un facsímil, era un original, pues amaba las antigüedades. Contemplando todo eso se dispuso a leer una de las cartas.

—*Jim* —empezó a leer con melancólica emoción, acortada su voz y con amor afligido—. *No pude de ti conservar una sola fotografía, solo esta que me robé, me quedé con estas cartas y este regalo que nunca te pude dar. De aquella flor que amaste hoy solo quedan brozas, mi alma siempre ha estado contigo, hice lo contrario de lo que un día te aconsejé, cuando me preguntaste si debías volver a ella, a quien tu amabas, y yo te dije claramente que el cuerpo debía estar donde el alma estuviese, y estaba con ella. Lamentablemente no pude hacer lo mismo, porque mi alma estaba contigo y mi cuerpo con mi esposo. Ahora soy esto, un borracho que te ama y te amará, sin ofender la memoria de mi amado Ignacio. Hoy te puedo decir amor mío, ¡mi Jim!, que tengo mi alma tan joven como la misma tez en la juventud de mi nieta, tal y como lo aconsejaste, primero mi alma y después mi físico, que gústeme o no, este sería el camino que todo reflejo físico seguiría por naturaleza. Y yo, heme aquí, sin bisturí alguno, soy el alma más bella del planeta, estas arrugas solo son señales de trabajo, de experiencia y de espera por ti, amor mío. Sé que no he de morir sino es hasta volverte a ver.*

Leía la hermosa carta, escuchando esa melodía tan sensible llamada *Tú Llegaste Cuando Menos lo Esperaba*, de Leo Dan. Danzaba abrazando la fotografía de su amor inconcluso.

Capítulo 2

¿Qué harías si te reencuentras con el amor de tu vida?

Más tarde, adentrados en la vehemente noche, era el momento de la apertura de *Cabaret El Paraíso*. Al parecer el nuevo propietario habría optado por ser pluridisciplinario en los roles que los artistas del transformismo optaron para entretener a su público, es decir, que la temática sería de la época que el artista escogiese, podría ser tan antiguo como tan moderno, igual en los géneros musicales. Lo peculiar o curioso, era que el cabaret estaba decorado con el mismo estilo de la casa de Félix. El cabaret abría las puertas sin distinción alguna, no como en otras épocas, que lo fue solo para los ricos y celebridades. El maestro de ceremonias era Jinan Johan Jones.

—Señoras y señores, damas y caballeros, después de varios años de haber fallecido el antiguo patrono de este cabaret, el nuevo propietario lo conservó cerrado por remodelación. Ahora lo pueden ver diferente, es para mí un placer recibir al excéntrico dueño de Cabaret El Paraíso, totalmente diseñado al estilo clásico romano y con retoques modernos, para que se sientan en casa y en un viaje placentero.

Había departido Jinan Johan ante los comensales, la noche parecía ser perfecta.

Jim era el nuevo propietario del establecimiento, y cuando Félix cruzaba el umbral observó cada detalle, y le recordaba a ese amor inconcluso, sentía su espíritu allí, pues todo estaba decorado al estilo que ellos dos dijeron harían con su propio cabaret. Apoyado en su bastón, remontaba al escenario el anciano Jim, de 88 años de edad, tras mirarse a gran distancia, aquel par de ancianos sintieron un vuelco de dicha, sus ojos resplandecieron de deleite, puesto que se habían esperado el uno al otro, y después de cuarenta años se reencontraban.

—Es una total delectación abrir las puertas de este extraordinario cabaret, soy de pocas palabras, pero les doy una excelente bienvenida —no quitaba su vista de Félix, hecho que le era reciproco—. La primera ronda es cortesía de la casa, ahora, les dejo con Jinan Johan, el experto en este ambiente, para que los siga animando.

Para Jim y Félix, el pasado volvía, no para dañarlos, sino para reír, conmemorar y descubrir si el amor que el uno y el otro esperaron sucedería esa ocasión. Félix se hallaba en la mesa del rincón tomando agua, de pronto Jim se acercó, trayendo consigo el mismo coctel que traía la noche que se conocieron; pero en esa ocasión traía dos vasos y su cálida sonrisa que vigorizaba los corazones de ambos. Mientras Santis y Zulle estaban felices mirando a los viejecitos, lloraban de felicidad junto a Mary.

—¡Que maravilloso! —expresaba Mary, mientras captaba en video a su abuelo, era una transmisión en vivo en su Facebook, mencionaba como el amor era más resistente que cualquier material en el cosmos. Mientras Santis y Zulle se abrazaban murmurando:

—¡Somos unas jotas chillonas! —y Mary rebatía:

—No, solo son unas perras sensibles.

Por su parte, Jim y Félix reanudaron el reencuentro.

—¡Un *adiós mothefucker*! —exclamó Félix, sonriéndole, Jim replicaba:

—¿Aún lo recuerdas?

—¿Cómo olvidarlo?, si fuiste mi mayor adición.

—Félix, aun eres mi meta de vida —correspondía Jim.

—Noto que aprendiste muy bien el español.

—Te busqué —Jim evadió el comentario de Félix.

—¿Para qué?

—Después de la tragedia no volví a saber de ti, supe que te casaste con Ignacio, uno de los bailarines de tu exhibición, te fuiste lejos con él. Yo me quedé con muchas cosas que por tonto no te dije, me arrepentí tarde, hasta te creí muerto y me lamenté por no expresar mis sentimientos para contigo.

Jim portaba dos anillos en un solo dedo, eran alhajas de matrimonio para él y Félix, que en el pasado pretendía darle antes de que la tragedia sacudiere sus vidas, Félix las observó y permaneció desconsolado.

—Jim, estuve en coma por cinco años. No supe de ti, creí lo que me dijeron; pero Ignacio me confesó todo lo que pasó, ¿sabes? —Félix intentó dar explicaciones.

—¡Calla! —Jim no necesitaba explicaciones, puso su índice sobre los arrugados labios del anciano—. Aquí y ahora, eso es lo que importa, el ayer y el mañana no podemos controlarlos, uno porqué ya paso y otro porque es expectante, y esto que estanos haciendo ahora es lo que dictara lo que seremos.

—Te amo —aquel te amo ruborizo no solo el rostro de Jim, sino todo su ser, y Felix le dijo mas de lo que tenía en su ser—: Este anciano decrepito y arrugado te ama desde que te conoció, hace cuarenta años, cuando llegó nuestro momento mágico, ese santiamén que todo mundo tiene que experimentar, independientemente de si sobrevive o no al torbellino.

—Tantos años esperando escuchar esto —expresaba Jim con ternura.

—En ti los años casi no pasan, sin embargo eres el arrugadito más bello de este cabaret. ¿Recuerdas cuando me adulaste así?, lo aprendí de ti, el alumno supera al maestro de las adulaciones.

—Sí lo recuerdo, te contestaré como lo hiciste tú, seguro le dices eso a todos los arrugaditos bellos como yo. Flor, así te hacías llamar artísticamente, mi Félix. Te busqué porque quería decirte que te amaba; pero era tarde, mamá me hizo ver que los seres humanos somos tan torpes que no decimos lo que sentimos por miedo, por pedir más tiempo, cuando de sobras sabemos que el tiempo no es aliado de nadie.

—Aún recuerdo a la elegante y distinguida Judith del Conde, viuda de Jones, y la recuerdo porque lo mejor que hizo fue a ti para mí —bufoneaba con cariño el señor Félix.

—Mi pobre madre se aguantó mi depresión de más de tres años, había dejado de amar a mi pareja, esa noche de la tragedia era mi noche, iba todo a cambiar. Me quedé con esto que vez en mis manos, un par de alhajas con las que deseaba pedirte que fueras mi flor, no la flor del cabaret, quería ser tu cuidador, quería cantar, reír y vivir todo a tu lado; pero el destino nos separó.

—Ignacio, él me llevó lejos, me sacó de la ciudad, me interné en un hospital con otro apellido —titubeaba, viendo la felicidad que los embargaba el uno al otro—. Durante el tiempo que dormí soñé que me casaba contigo, y que todo era felicidad, que adoptábamos un hijo y una hija. Todo era un dulce sueño, una despiadada pesadilla, porque eran mentiras que me jugaba la mente.

Pero el sueño no era del todo mentiras, pues Jim se lo aclaró:

—Soy padre, tengo un hijo, es el muchacho que esta junto a la bailarina Jazmín del paraíso, y ella es su novia.

Dibujando una cálida sonrisa, Félix agregó:

—Jim, ese jazmín es mi nieta, tu hijo y mi nieta están enamorados. Jazmín, es lo único que me quedó de mi hija —lo dijo con poca tristeza, y entonces Jim refutó:

—¡Por favor! Sé que mi hijo es mayor que tu nieta; pero por edad no lo impidas.

Félix, un poco inconforme, le respondió:

—Jim, jamás lo haría, ¿a caso no eres tú mayor que yo? Y yo te amé así, no voy a impedirle a mi nieta que sea feliz.

Alegrando sus facciones, Jim comentaba:

—Eres la misma alma de la que me enamoré.

—Ahora que te veo, puedo decir que mi amor sigue intacto. Verte me transporta al ayer.

En ese momento la senil cabeza de Jim concibió algo que parecía una locura. Pues, la felicidad era una locura, y solo el que se atrevía a ser o parecer un loco, realmente podría conocer tan deseado estado humano.

—Juguemos a que somos un par de amigos, que apenas nos conocemos, y vas a contarme tu historia.

—Me encantas, viejo loco, me sigues poniendo los pelos erizados, porque te amo, viejo arrugado. Ya no tengo tiempo para jugar a los amiguitos manos calientes, solo me siento feliz de estar aquí contigo, era lo que estaba esperando para partir, y bueno, mientras espero mi desenlace, voy a contar mi historia. Ah, y si me muero contándote mi historia, quiero que sepas que el héroe eres tú.

—Soy todo oído —dijo Jim—. Y no olvides, eres mi príncipe, y yo tu príncipe, por tanto, mi héroe también eres tú.

—Nuestra historia se llama Amor prestado —mencionaba Félix.

—Sí, Amor prestado, y nuestros tres recuerdos.

Se apagaron las luces en el cabaret, y en las mentes de los seniles Felix y Jim, el ayer evocaría una majestuosa historia de amor.

Capítulo 3

Así fue nuestro amor prestado

—¡Yo creo en el amor! Creo en el amor a primera vista. Mi mejor sueño el amor es. El Amor eres tú —declamaba la dócil voz de Flor (Félix), en aquella época de juventud, donde la sublime de los cabarets era *la flor sin retoño*. Rumbo al escenario se conducía, ataviada de carmesí, un sombrero escarlata fascinador, con el cual pretendía ir representando la pasión que gozaba en su baile.

—Amigos míos, ¿Por qué ustedes sí son amigos míos? —subió al escenario, se dirigió verbalmente a los comensales gélidos, manifestando diferentes emociones—. Les cuento, es esta la inconfundible, tierna, romántica y triste historia de amor de un alma soñadora, la cual creyó en un amor ideal; pero se le olvidó que los amores actualmente son efusivas quimeras, que lanzan chispeantes aclamas, capaces de quemarnos hasta lo más profundo de nuestro ser. Yo viví esa historia de amor. A ti te lo confieso —Flor dibujó en su ceño una alocada sonrisa—. *El amor es una sonrisa y una lágrima*, así me lo dijo un príncipe, en uno de mis favoritos viajes literarios, sin embargo, después que el príncipe me dijo eso, yo viví en carne propia el significado del amor, y te puedo decir que *El amor es una sonrisa bonita, y también una lágrima, no necesariamente grotesca, es como tú lo veas y te toca vivirla*. En lo personal, te puedo decir que para mí el amor fue una sonrisa, una mirada de fe y una lágrima de adiós, con mucha dolencia pero sin resentimientos. Oye, chico, tantas heridas se reciben de la amistad y..., se superan, igualmente se superan las heridas de amor. Yo viví un *amor ajeno*, cuatro encuentros, una mentira, horas prestadas, lágrimas de amor y dolor; pero te voy a contar todo como pasó, ¡no te muevas! Y júzgame hasta el final, no por mi apariencia, sino por mi contenido, como si fuese yo el libro que ahora mismo entretiene tu mente con tan encantadora lectura. Ándale, sonríe, que la vida sin una sonrisa es antisociable, aburrida y monótona. Nadie tiene que saber que tienes problemas, yo también los tengo, el que no tenga problemas que levante la mano y que tome unos cuantos de los míos.

Bromeaba Flor, en el pie del joven Félix. Las épocas se redujeron a la infancia del mencionado joven, trascendiendo a un restaurante, por donde dos infantes corrían por andurriales opuestos. En un repentino momento, uno y otro quedaron frente a frente, analizaron sus aspectos fiscos, asumiendo que ambos eran un par de hijos de la calle, huérfanos desamparados, ataviados con ropas viejas y sucias, desarreglados y con pies descalzos.

—¿Tú quién eres? —preguntó Félix Antonio, y el otro niño, que parecía ser grosero y rebelde, le responde:

—Nadie que te deba explicaciones, niño tonto.

—Para no pelearnos, tú te vas por un lado y yo por el otro, así estamos empatados —proponía Félix.

—¡Eso me gusta!

Corriendo cada uno por su lado, buscaban subsistir, Mayito cantaba y Félix Antonio bailaba, los comensales les daban propinas por sus talentos callejeros. De presto se presentó la dueña de lugar, doña Ceci, una señora obesa, grosera como su moflete cuerpo, con alevosía y ventaja la mala señora empujó al niño Mayito.

—No sé cómo dejo entrar niños como este, mírenlo, canta, baila y actúa como lo que no es, una niña —replicaba la dueña del establecimiento, la tan conocida señora de los caldos. Félix, tras mirar aquel atroz momento, reaccionó victima de las acciones de doña Ceci, corrió y detuvo a la señora que denigraba y miraba con odio al pequeño e indefenso Mayito.

—Yo tampoco comprendo cómo hay personas tan grandotas de apariencia y tan pequeñitas de corazón —escuchando como un desamparado defendía a otro, doña Ceci giró su mofletudo cuerpo, y mirando despectivamente a Félix, le respondió:

—¿Y a este que le picó? ¡Muchachito mal criado!, vete a tu casa, dile a tu madre que te peine, y para la próxima metete con una de tu tamaño, antes de que me enfade y te de una tunda —los comensales la miraban, unos se salían por vergüenza ajena, cosa que ella no tenía, y seguía peleando con niños—. Deberían llevarse a un orfanato a todos estos sin casa.

—Tres cosas, señora —replicó Félix—: No me picó ningún mosco, solo me picó su injusticia, porque por gente como usted, el mundo es una porquería de mierda.

Doña Ceci se acerco al niño, se inclinó y con menuda burla le habló al oído:

—¿La segunda?

—Si quiere que me meta con alguien de mi tamaño, haga usted lo mismo, porque el niño no es de su tamaño. Y la tercera, no tengo casa y ni mamá.

Amargas lágrimas descendían de la avergonzada doña Ceci, quien abochornada por su actitud replicó:

—Está bien, soy la dueña del lugar, les daré consentimiento para que hagan su música y baile sin espantarme a la clientela, después podrán comer algo. Ya, no me vean así, corre por cuenta de la casa.

Los comensales aplaudían el gesto de la señora. Los niños cantaron y bailaron de lo más hermoso e inocente posible. Mas tarde, Mayito y Félix se hallaban de transeúntes en las calles angelinas, desde ese día, iniciaron una amistad que sería a prueba de todo.

—¡En adelante serás mi hermano! —dijo Mayito, se hallaban en las alturas, caminando por el área del epígrafe de Hollywod, en Los Ángeles, California.

—¡Y tú mi hermano!

Unieron sus manos, se miraron a los ojos, un extraño maquiavélico brillo sondeo en la mirada de Mayito. Se sonrieron, Mayito, el loco chiquillo de solo siete años de edad, dijo:

—Este es mi estilo para unirnos como amigos y hermanos inseparables, hasta la muerte —Mayito mordía el dedo índice de una de las manos de Félix, y de la misma forma, el otro mordió el pulgar del pequeño inicuo. De esta manera fue como los niños corrieron por las calles. Cantando y bailando subsistirían, solos en el mundo; pero unidos el uno al otro, y antes de que culminara su canto y baile, los años se habían ido volando, pasaron de niños a ser unos bonitos adolescentes, ahora ya tenían uso de razón.

Se encontraban en las calles, caminando entre la gente del parque, a un extremo un grupo de muchachos gangosos molestaban a Mayito, buscaban pegarle, le hacían burlas por su libre forma de ser tan femenil, y justo llegó Félix para evitarlo. No hizo tanto para echarlos, pues, se conocía el rumor de que Félix, igual que Mayito, era homosexual, y lo llamaban *el puños de hombre*.

—¡Hermanita!, ¿creerás me querían hacer de todo menos lo que yo quería? ¡Odio a los homofóbicos!

Y riéndose, Félix le contestó:

—Te amo hermano, nunca te dejaré solo. Y deja de andar buscándolos, sé que eres tú el que pasa insinuándoteles. No todos son como nosotros.

—Ni yo te dejaré a ti, a donde vayas yo iré, hasta la misma muerte iré contigo. Ah, y por cierto, vi como te miraba Axel, creo que le gustas, entre esos machitos siempre hay un jotito de closet.

—A propósito, ¿dónde te metes cuando desapareces? —le preguntó Félix.

—Buscando el pan de cada día, ya ves que de súplicas no tragamos —nervioso Mayito, concebía una falacia, misma que Félix creía y lo abrazaba.

En el extranjero, en el Reino Unido, se unían en matrimonio dos personas, en el interior de una histórica iglesia, Blackburn Catedral, localizada en Lancashire. La ceremonia había reunido a pocas personas de la alta casta, el sacerdote pronunciaba las palabras que entre el cielo y la tierra unía el matrimonio.

—Por el poder que me confiere la santa iglesia católica, los declaro pareja unida en matrimonio.

Los novios se besaron, los pocos convidados aplaudieron el enlace que, por cierto, estaba conformado por una novia transexual.

Pocos días después, en Los Ángeles, California, en un mercado se presentaba un baile de tango. Las personas se entretenían viendo tan especial presentación.

—Damas y caballeros, un show gratuito para los amantes del baile, bueno, casi gratis; mi amigo aquí presente pasará su sombrerito, para que ustedes nos den lo que su corazón pueda proveer.

Félix disfrutaba el show, sonreía, soñaba despierto, suspiraba, pero tras finalizar aquel número musical, con una rápida ojeada observó los alrededores, y de pronto descubrió a su novio en brazos de una chica. No tenía la mínima idea de que este fuese bisexual, o quizás estuviera confundido. Las flores que con tanto cariño aprisionaba al suelo cayeron, entonces desertó en una loca y desesperada carrera. Mas tarde se encontraba a la orilla de la playas en Santa Mónica Pier, caminaba desconsolado, se sentó junto a la arena, mojando sus pies con las suaves olas, sollozaba, cuando de presto puso atención en su bolso de mano, de la cual extrajo una sepia fotografía de él y su novio.

Dejó caer la fotografía y el agua se la llevó, miró un grupo personas filmando un video musical, quienes le miraron cuando empezó a cantar, y esa vena artística causó que ellos se unieran a ella como una coreografía bien hecha, al estilo de *Él me mintió*, de la gran Amanda Miguel, y lo increíble fue que los turistas se unieron al baile. Parecía que esa noche hasta la arena compartía la nostalgia de Félix, y tras culminar el canto y el baile, el joven se marchó mientras se escuchaban las risotadas de las masas, y entremedio de ello, una frase prevaleció: *Odio el amor*, era lo último que se escuchaba del lastimado corazón.

En el viejo cuarto donde vivían Félix y Mayito, allí se le podía ver a Félix escribiendo sus penas, solo, sentado en una silla junto a la vieja mesita, alumbrado a la luz de un candil. Su confesor era su diario personal.

—Si alguna vez pensé en odiar, creo ha llegado el momento, odio a una persona que quise amar; pero así como amo, odio con igual o mayor intensidad de la que amo —Félix no se había percatado de que Mayito lo observaba, como si disfrutara verlo sufrir—. En adelante, voy a desquitarme de cada mínima lágrima que me hagan derramar, y desquitaré cada lágrima que por ese ser, si se le puede llamar ser, yo derramé hoy día.

Después de esas palabras que ni él se creía, Mayito entró, se estremecía como si fuera una serpiente en la metamorfosis de una mujer, aferrando en sus manos una muñeca geisha vestida de rojo.

—¿Y ahora quien estrujó los coloridos pétalos de mi hermosa florecita? —decía, batiéndose aquel quimono que vestía.

—¿Por qué me engañó con ella? ¿Por qué, amigo? Si solo amaba.

Mayito, luciéndose como reina del drama y de las hipócritas, le decía a Félix:

—Ay, mi florecita, eso pasa cuando un chico es bisexual, no sabe si quiere estar con una mujer o con un joto —se pavoneaba, y se burlaba de Félix, sin que este lo notase—. El amor es una estupidez que no existe. Yo no sé qué rayos ganan enamorándose, si siempre van a terminar así, ¡zaz!, botando lágrimas por un animal que no lo merece. Yo al único que amo, es a mi hermoso cutis, no lloro por amor, si no por mis hermosas muñecas. A los hombres me los gozo, los disfruto; pero jamás los sufro, jamás les doy permiso de dejarme así, solo un infeliz lo hizo, y ese me enseñó lo rico de odiar —se acercó a la mesita, poniendo su índice sobre el diario—. Ponlo en tu diario, enfatízalo: *querido diario, vuélveme una perra rabiosa*, si señora.

El alma de Mayito estaba atiborrada de secretos y podredumbre que Félix no alcanzaba aún mirar, porque era demasiado noble.

—Todo mi amor se lo di a ese mal hombre. De hoy en adelante cada paso, cada mirada, cada instante lo voy a medir. Se cerraron puertas y ventanas para el maldito amor, y el dolor será el candado que proteja mi alma.

—*Really, bitch?*

—Hoy la flor a dejado de vivir en el hermoso jardín, para defenderse con sus espinas entre las hiedras venenosas, en adelante seré una flor sin retoño, una flor seca, vacía. Ya murió Félix Cruz, hoy seré Flor.

Y Mayito risiblemente objetaba:

—*My darling*, ser perra con los perros no es malo, es equidad, da lo que te den —la sujetó de las manos, hizo que lo mirase y le siguió diciendo—: Mi amor, florecita de mis campos desiertos, no seas carne para animales carroñeros, se fruta codiciada y jamás alcanzada. Mi reina de las flores, mi consejo es que no seas un pedazo de carne para saciar placeres inmundos. Yo leí una novela, se llamaba *La Desconocida Asesina y el precio de ser bella*, era la historia de una mujer bella, que tuvo un precio muy alto por ser guapa; pero tú no repetirás su historia, tú y yo no seremos taco de ojo para nadie. Usaremos antes de que nos usen, aunque claro, tú eres demasiado buena.

Y pese a que Mayito tuviera completa razón, Félix trató de mostrarse opuesta a lo que este le decía.

—Todo lo que debo hacer es ser otra persona, cultivarme como semilla que germina, crece y da hermosos, radiantes y rojos pétalos. Aprender, ponerme metas, superarme, ser un monstruo cuando de sentimientos se trate. Si el amor cree llegar y anidar en mí, solo provecho le sacaré.

Mayito estaba burlándose, viéndole escribir, sabía que Félix era muy blando para cumplir lo que decía.

—Mi amor, no digas sandeces que el viento se llevará, ni escribas ridiculeces impulsivas que jamás has de cumplir. Nadie te conoce mejor que yo, hemos crecido juntos y en las calles hemos vivido aventuras bajo los puentes, los cuáles han sido nuestros hogares. Mi amor, cuídate de los que solo desean carne, no tienen sentimientos, no creas que el amor existe como lo predican. ¡Jamás, *my darling*! El humano es igual o peor que las bestias feas y salvajes del reino animal.

—Un día voy a ser un grande de los escenarios de baile, seré una celebridad, voy a lograr mis sueños y nunca más volveré a creerles a las personas que me hablen de amor.

Volvió Mayito a burlarse de las metas y palabras de su amigo:

—¡Ay, aja! Más rápido cae un habladorcillo que un cojito. No digas ni pio, mi reina de las flores empobrecidas.

—No sé quién es el culpable, si el amor o yo, él o el amor, aquí hay un culpable de mi desdicha, algún día lo sabré, por ahora mis metas son otras.

—Mi flor, la única culpable eres tú, —Mayito la acusaba de ser responsable de sus acciones—. Sí, por ser permisiva, mi chulada, si gustas que te dejen chillando, así te quedarás. Haz como yo, hoy con Juan, mañana con Ricky, pasado con Pedro, *next* y *next*. Y dime, ¿cuáles son tus metas?

—Bailar, aprender a cocinar, refinarme, ¿y el amor?, el amor que se vaya por el drenaje.

Félix lo abrazó, pero Mayito sonreía, burlándose de la desdicha de Félix.

Capítulo 4
La oportunidad de una mejor vida

Meses después, Mario y Félix se mudaron del condado de Los Ángeles a Orange County, llegaron a la ciudad de Garden Grove, conocieron a una anciana que les brindó ayuda, les rentó una vieja casa móvil, la cual negociaron pagar en cuanto tuviesen su primer sueldo. Félix se dio a la tarea de buscar trabajo en los periódicos, revistas y redes sociales, la búsqueda no duró tanto, el joven Félix había conseguido empleo para ambos. Se encontraban como empleados en un establecimiento gourmet italiano, Mayito como lavaplatos y barrendero, Félix contaba con varias responsabilidades, como ser mesero, cajero y hasta asistente del manager, obviamente esto no le agradaba a su amigo.

Una mañana, Mayito barría mientras bailaba con su escoba, era lo que hacia antes de abrir al público. Su jefe estaba en una mesa de la esquina, tenía una reunión con gente importante, todos con trajes finos y elegantes. El pícaro Mayito trataba de ver a cual seducía con sus bailes, su jefe Fred no le quitaba la vista disimuladamente.

—Un día voy a dejar de ser un estúpido barrendero y un mísero lavaplatos, pero sobre todo, dejaré de ser pobre. Voy a cumplir mis sueños, voy a bailar en grandiosos escenarios, me voy a vestir como una rimbombante geisha, voy a fascinar y seducir al público, danzaré como jamás el ojo humano lo habrá disfrutado.

Mientras Mayito soñaba despierto, apoyándose a la escoba, detrás llegó Félix, le quitó la escoba, bailó con él. Fred les miraba con detenimiento, como si los analizara.

—Sí, bailemos juntitos, juntos tocaremos las estrellas, hermanito —Mayito era hipócrita en sus afectos para con Félix, mientras bailaban, por la espalda él dibujaba una perniciosa miradita que declaraba sus falsas simpatías.

—Nada ni nadie podrá separarnos, tu eres excelente coreógrafo, el mejor bailarín y el mejor maestro —Félix departía, desconociendo las malas caras de su amigo. Se separaron al ver que el señor Fred se dirigía a ellos.

—¿No creen que deberían estar trabajando? —les preguntó Fred, un hombre con aspecto británico, de cabellera rojiza, piel blanca, de buen ver para su edad, quizás el ideal *sugar daddy* en la mente de Mayito—. ¡Bailan superbién! Me encantaría conversar con ustedes, tengo un buen negocio, justo lo estamos terminando de armar. Estará listo para dentro de muy poco tiempo, los puedo preparar para algo que por lo visto han soñado siempre.

Mientras Fred les decía aquello, no dejaba de ver a Mayito, y de esto el libidinoso chico se había percatado.

—Son fabulosos —siguió Fred—, me fascina la gente así, alegre. Siempre que vengo te veo bailando con tu escoba, y a ti, —señaló a Félix—, a ti te veo triste, ausente, arisco como un animalito perseguido. Apenas sin sonríes por deber, pero mi niño ojos de miel, hay un paraíso dónde vas a brillar, los dos lo harán. Anda, muchacho, llegó una pareja, atiéndeles.

Fred les hizo una propuesta que cambiaria el rumbo de sus vidas, el tiempo transcurrió con premura, Mayito comenzó a enseñarle ciertas reglas de etiqueta a Félix, pues, algo bueno se podía decir de él: tenía clase, parecía que provenía de un linaje de instruidos pese a la pobreza, se vestía con elegancia, aludiendo que la moda no tenía que ver con el precio, sino con saber combinar boga y estilo. Aún vivían en la casa de la viejecita, quien, mientras leía, disfrutaba verlos prepararse para ser finos y elegantes.

—Mi amor, las reglas de etiqueta en esta sociedad importan mucho —decía, sujetando su muñeca geisha, refrescándose con un viejo abanico japonés—. No, querida, la copa se debe tomar así, el vino se debe servir con delicadeza —nada más Félix no conseguía tener ese toque exquisito de una verdadera dama—. No, así no, pareces una zorra cualquiera. Por favor, mi niña, un trago de buen vino se debe saborear, disfrutar, no tragárselo como agua, y aun si fuera agua, tienes que ser fina, delicada como flor.

La ancianita les dijo:

—Les voy a enseñar, sobre todo a ti, Félix, porque Mayo ya sabe.

—Gracias señora, perdóname, Mayito, soy una mula —dijo Félix.

—Lo dijo ella, no yo, así que eduque a esa bestia.

—Voy a haer de ti una linda damita, con lo del maquillaje y los vestidos me vas ayudar tú, Mayo.

—Por su puesto, porque si lo hace Félix, uf, ya estuvo que la moda muere, es un atentado a la belleza —replicaba Mayito.

—Gracias, hermanito, ya verás que lo voy hacer chévere —decía Félix, Mayito respondería, cuando la señora lo detuvo con un gesto y le dijo a Félix:

—Vamos aprender reglas de etiqueta, y también vamos a instruirnos, leerás libros, aprenderás una estupenda dicción.

—¿Dicción?

—Es la forma de emplear las palabras para poder conformar una oración —explicó la anciana, y Mayito, viendo como Félix tomaba el trago, le decía:

—Así está mejor, ahora vamos con lo que te enseñé ayer, los libros en la cabeza, la posición indicada, así se debe caminar, con clase. Sorprendente, tienes el cuerpo, el porte, yo hare el resto, sacaré de ti una verdadera dama.

Mayito no tenía mucha paciencia para ensenarle a Félix; pero lo que realmente aguardaba en su interior era el miedo a desarrollar un sentimiento especial por él.

—¿Escuchaste lo que dijo el señor Fred? —preguntó Félix—, es muy raro.

— No es raro, es un rico excéntrico. Su cabaret va ser todo pomposidad, no va a encasillarse a las reglas de una época, sino que será una mixtura de épocas, pretende que hayan estilos musicales arcaicos y modernos, no quiere todo único, sino que el cliente se complazca y cumpla fantasías a través de los artistas del transformismo —Mayito se mostraba fascinado describiendo lo que sería ese expectante lugar—. Trabajaremos para él, lo complaceremos.

—Ahí puedes hacer tu sueño realidad, puedes ser la dichosa esa geisha que quieres hacer —Félix le sonreía.

—Soy hombre, no va aceptar que yo me vista de geisha.

—¡Tú inténtalo! Además le gustas —aseguró Félix, Mayito se sentía intimidado con aquel comentario.

—Ay, no, yo vi que te puso el ojo a ti.

—¡No digas eso!

Y Mayito, frunciendo el ceño, replicó:

—Le damos por su lado, si le gustan las rebeldes como yo, aquí estoy, y si le gustan las ilusas y cursis, estás tú. Pero dejémonos de chismes, vamos, que mañana empiezan las clases particulares con el instructor que él nos pagará.

El tiempo comenzó a transcurrir velozmente, Mayito, la anciana y el instructor prepararon a Félix. Mayito era hermoso como travestido, pero sin duda lo opacaba su amigo, y sentía celos de ver a su amigo vestido de mujer, pues lucía mejor. Cualquiera apostaría que, detrás de esa faz de mujer realmente habitaba un hombre.

Capítulo 5

Ahí retoñó la flor de mi corazón, creí que sería alimentada desde ese momento hasta el final

Dos años transcurrieron, Félix y Mayito ya eran más maduros mental y físicamente, estaban preparados para afrontarse a las noches de cabaret.

Por otro lado, no muy lejos, en la mansión de los Jones del Conde, se vivía una escena diferente a las vidas de Félix y Mayito, en el interior de una casa decorada al estilo greco-romano, tan parecida a la casa que describía la residencia donde vive el longevo Félix Cruz. En la casa, un norteamericano estaba reclinado sobre un sofá, llorando, ebrio, la sala es un desastre. Jim James Jones del Conde, era un hombre bastante alto, de tez blanca, cabello rubio, ojos cafeína. Los Jones del Conde eran una familia de prestigio, de fino linaje; pero ni todo el dinero puede evitar que una persona sufra por amor, como lo hacía él en ese momento, llorando en brazos de su madre, la impetuosa Judith Yamileth del Conde, viuda de Jones.

—Como que me llamo Judith Viuda de Jones, yo misma te lo habré advertido, hijo mío.

—Pero yo le cumplí hasta el capricho más costoso, quiso su boda en Europa —decía Jim, un hombre que ondulaba entre los 48 años de edad, su añeja madre le miraba con lastima, mientras él seguía ebrio y lloriqueando—. La tuvo, tuvo esa boda como se le complació la gana, quiso autos, joyas, lo mejor de la moda, hasta su diseñador personal le había dado.

—Las épocas van cambiando —refutaba su madre—, ya no estamos en la década de los cincuenta, mi amor, apenas hemos finalizando los noventa, época de la locura telefonía y todo ese asunto raro de los avances de la tecnología.

—¡¿Qué importa la época?! El corazón no tiene época, el amor no pasa de moda. Se pueden inventar todas las tecnologías posibles; pero el amor no es material.

El carácter de miss Judith no era tan dócil, su forma de ser y parecer lo demostraban, mas el refuerzo que le daba su atavío.

—Te dije que no aceptaba a ese domestico arribista, jamás lo aceptaría como tu pareja, y tú dale y dale, hasta te revelaste casándote sin mi consentimiento, y mira ahora los resultados de tu capricho.

Jim no tenia argumentos con que refutarle a su madre, sabía que el domestico, que ahora era su pareja matrimonial, era un infiel de lo peor.

—¡Pero yo lo amo! ¡El amor no es un capricho!

Molesta por la actitud derrotista de su hijo, Judith lo zarandeaba diciéndole:

—Vuelve a vivir, ese domestico no es el único aspirante a ceniciento del país, anda, aféitate, vístete, báñate. Tienes más de quince días llorando, embriagándote y descuidándote —le quitó la botella de licor—. Esta es la segunda vez que te abandona, se va con uno, después con otro. Estas ciego,

¡reacciona!, se fue con otro pirujo como él, se robó tus joyas, tus ahorros, tu carro; pero lo peor es que se llevó tu alma consigo. Y... te dejó así, como si fueras un muerto en vida.

—¡Pero yo lo amo! —disputaba Jim, mientras su madre argumentaba:

—Pues olvídalo, al costo que sea, búscate aunque sea una cabaretera, ve y busca sacarte de la mente a tu domestico de barrio. Anda, ve en busca de placer, consigue sacar de tu corazón a esa meretriz de quince centavos. ¡Maldita sea Krista El!

—No tengo las fuerzas necesarias.

Ofendida por aquel comentario, la madre de Jim embistió contra él, diciéndole:

—¡Claro que las tienes!, ¿apoco me desarmé cuando tu padre me dejó por alguien más joven y de buena presencia comparada con tu domestica? ¡Jamás, hijo mío! Tú eres Jim James Jones del Conde, y nosotros los del Conde no somos débiles, no señor —inyectaba total seguridad a su hijo—. Tu padre me golpeó donde más daño me pudo hacer, en el corazón, porque yo sí lo amaba. Con su muerte a manos de su amante me volvió así, tal cual me puedes ver: adusta, bravía, poco amigable; pero no me volvió mala, sino muy fuerte, y tu eres fuerte, eres mi sangre.

Se abrazaron madre e hijo, su madre lo dejó para que consiguiese pensar en las palabras que le había dicho, ella se condujo en dirección a la cocina, donde se reunió con Griselda, una gran amiga de su hijo Jim, quien por cierto servía café para ellas.

—Ay, mi dulce dama elegante, usted dice pata de perro, y en Google le sale la foto de Griselda de Meador, yo soy esa espectacular amante de la calle, la vida es una y me encanta divertirme, adoro a mi esposo y yo lo hice así, como soy yo. Le enseñé que nunca sabemos cuándo vamos a morir, pero que podemos disfrutar la vida de la mejor manera posible y sanamente, eh.

Griselda era una mujer madura, que vivía la vida creyéndose una jovencita entre fiestas y bebidas, era la mejor amiga de Jim y esposa de Steve, del amigo de infancia del entredicho.

—¿Por qué no tuviste un hermano para que fuera la pareja ideal para mi hijo y no esa infeliz travestida, que en mala hora acepté como domestica en mi casa? Maldita calculadora, arribista y descabellada, ojalá que Krista El jamás regrese a nuestras vidas.

—Ay, si, ojala que cuando ponga la dirección en su GPS no le funcione, para que no encuentre la casa de mi adoradísimo ojitos de miel.

—Sea seria, Griselda, en verdad, no quiero que esa infeliz destruya a mi único hijo, a quien amo y por quien sería capaz hasta de matar si es necesario.

—Judith, querida, adoramos a nuestros hijos, pero sabemos que debemos dejarlos ser ellos mismos, hay que dejarlos aprender a solucionar sus vidas. Me encanta que seas una madre afectiva, aceptaste a tu hijo sin regatearle sus deseos y su propio yo. Nosotras solo somos madres al pie del cañón; pero si se equivocan y creemos que debemos meter nuestras perrísimas narices al rescate, lo hacemos, como usted que siempre me platicaba que Krista El olía a ZCP.

—¿ZCP?

—Zorra queriendo cazar una buena presa.

—Ay, mujer, ahora entiendo por qué mi hijo te adora, es que eres alegre hasta en las tormentas.

Y Griselda, con su toque bufón, le respondía:

—Deseo darle una tunda a esa bruja con su maquillaje que me encanta; tiene buen gusto, la bruja. Adoro sus vestiduras europeas, ella siempre a la vanguardia, y todo por mi ojitos de miel, que le compra indumentaria de las mejores colecciones de Milán, y yo solo *milando*.

Reían ambas mujeres mientras consumían café.

—Anda, tú y Steve, cuiden a mi Jim, llévenselo a distraerse, que conozca más gente, nuevas caras, que sepa que esa meretriz de porquería no es la única que existe.

Y rápidamente Griselda replicó:

—Usted llamó a la mujer indicada, o sea yo, y esta noche la vida de mi adorado príncipe cabellos de oro conocerá a una doncella, tan bella como las flores. No sé de donde saldrá ella, aunque tenga que hacer magia de mi vagina para sacarla, la sacaré; pero de que la conocerá, la conocerá, de mi cuenta corre. A donde vayamos lo llevaré, donde hayan solo bombones y muy bien parecidos. Porque la vida es tan bella, que en el jardín hay muchas florecillas, pero la de Jim la escogeremos de otro lugar, será una flor exótica, una que esté dispuesta a dar y recibir lo mismo, amor

—¡Te adoro!

—Judith, y yo a usted, mi señora hermosa.

—Te deberé la vida de mi niño —comentó Judith—, de mi única adoración y razón de ser.

Con gran afecto, Griselda le respondía:

—No, para nada, me sentiré complacida de haber ayudado a mi súper amigo de toda mi vida.

Y en el interior del ostentoso cabaret El Paraíso, en su camerino se hallaba una estrella siendo preparada para su grandioso debut, donde las joyas y la indumentaria de alta costura eran algunos de los elementos que embellecerían un mundo de placeres entre baile y fantasía.

—¡Ay, querida! Luces divina —le decía Mayito a Félix, quien ya estaba travestido—, eres la flor más bella, después de mí, claro está, que soy la rosa mas primorosa del cabaret.

—Una flor sin retoño —respondió Félix.

—Mi amor, esas espinas que protegen tu corazón son tan falsas como las promesas de amor que los hombres suelen hacer. Mejor dicho, son espinas más ilusorias que las promesas que los humanos solemos hacer.

—¿Nos dejarían solos un momento? —les dijo Flor a los maquillistas, ellos se alejaron—. Solo tú conoces todo en mí, me lanzaste al mundo del cabaret, me puliste, me refinaste, me enseñaste todo para ser una verdadera dama de los espectáculos. También hiciste realidad mi sueño de bailar, por fin cumplí mis anhelos. ¡Gracias Mario!

—Mi vida, mi loquita desquiciada —cada acción, tanto verbal como física por parte de Mayito, escondía un destello de rencor contra Flor—. El amor no existe, el que se enamora pierde el piso, siempre sale perdiendo, por eso yo solo gozo y dejo que me gocen, uso antes de que me usen. Créeme, esta noche muchos hombres te desearán; pero no será amor, solo deseo, no te confundas. Por tenerte muchos dirán que se enamoraron a primera vista de ti —Mayito hablaba con tanta antipatía hacia el amor, como si hubiese sido despreciado en todas las formas posibles—. Hombres son hombres, animales urgidos de placer, perros hambrientos, todos detrás de un pedazo de carne. Sigue siendo la flor dura, la que no siente; pero no lo digas, cúmplelo.

—Que fácil te es decirlo, que difícil es lograrse llevar a cabo —decía Flor, acongojada.

—Difícil —sujetaba de las manos a Flor, zarandeándola enfatizaba—: pero no imposible. Mi reina linda, tienes loco a don Fred, el amo y señor de todo cuanto se ve en el cabaret, está lleno de billetes y propiedades. Así como él se fijó en ti, muchos más lo harán, solo se inteligente al seleccionar hombre .

Mario era un muchacho manipulador y astuto para dar sus pasos.

—¿Para qué quiero una persona tan madurita? ¿Para cuidarla?

—Ay, mi amor, ¡por interés! Por una vez en tu vida, deja tus escrúpulos, demuestra cuán seco esta el corazón de la flor sin retoño. Anda, dale el sí a Fred, de seguro pronto te enamoras de un don nadie y zas, que te toca empezar de cero. No seas bruta.

—Seguro tiene la montaña hecha de puras propiedades terrenales, ya no tiene juventud y beldad —ahora parecía que Flor se portaba igual de despectiva como su amigo.

—Más triste —expresó sutilmente Mayito—, ¿qué es la juventud y la beldad? Nada sino dos cosas efímeras, yo solo te sé decir que desprecias una valiosa joya.

—Y si él no tuviera interés en mi sino en ti, ¿qué le dirías en respuesta? —renuente a volver a ser amada, Flor contradecía a Mayito.

—En mi nadie se fija, es en ti; pero si así fuera sería feliz, tiene lo que da placer carnal, y tiene lo que amo, poder terrenal —Mario era libertino, no le importaba si lo miraban como buen o mal chico—. Así es, Flor, este es el mundo real, si no tienes, no vives como deseas. El mundo ya no es de colores, es de sinsabores. Abre los ojos, pinta tus pétalos con poder, reverdece las hojas de tu vida con el verde de los billetes, si tienes que eliminarlo para darle color rojo a tu vida, que su sangre sea fuente de poder —reía el excéntrico Mayito, Flor solo lo veía con estupefacción—. Mi reina, no pongas esa cara de imbuida, con la plata baila quien sea, todo lo puede el dinero. Lo siento, no soy cruel, soy realista. No soy ambicioso, solo deseo vivir cómodamente. Si para vivir bien hay que limpiar, pues a limpiar se ha dicho, por algo fuimos un par de cenicientas, pronto un par de reinas.

Flor miraba analíticamente a su amigo, lo notaba irreconocible, destellando un ardor perverso.

—Me gusta parte de lo que dices, pero te noto un poco frio, Mayo, me das un aire de miedo.

—Por eso te aconsejo —sonreía su amigo—, no desprecies una joya muy valiosa, él es bueno, bondadoso, te haría feliz.

—Quizás hoy pierda una joya, la mejor que pude haber tenido, pero en verdad no es la joya que yo desearía lucir. Él puede ser muy bueno, guapo, casi el hombre idóneo; pero no me importa en mi vida, sobretodo porque sé que le interesas.

—Eres una flor en el desierto de tu alma, una flor que va a necesitar mucho más que agua para subsistir —rebatía Mario—, necesitará ser amada, y qué mejor que con un terreno donde nada te falte y todo te sobre en abundancia. Con Fred no te faltará nada.

Mario insistía en que Fred sentía algo por Flor, sin embargo, ante esto recibió una respuesta evasiva.

—A veces sueño que alguien llega a mi vida.

Y Mario, torciendo su boca con antipatía, respondió:

—Tú y tus cuentos de hadas, deberías dejar de leer. Me harta que cada vez que quieres no te compras ropa sino libros estúpidos, de eso que te dicen que viene un príncipe o un conde para ti. Fred es un caballero como el que anhelas, es apuesto y sensual, tanto así que lo quiero para mí. Flor, no te enamores de otra persona, porque entonces podrías arrepentirte, luego no vayas andar chillando.

—¿Llorar más? ¿Se puede llorar mas de lo que ya he llorado? —cuestionaba Flor a su amigo, a quien parecía divertirle la dramática vida de su amigo.

—Voy a contarte la pesadilla que tuve hoy.

—Te escucho.

Los dos tomaron asiento en el diván.

—Vi una hermosa bailarina en florecimiento —comenzó Mayito—, con sublime estilo, escuché en el canto de fondo, estaba tan radiante, parecía una rosa vestida por el azul cielo, era la escancia de la cabriola. A la tercera vez que daba sus giros, vi como puso su mano sobre el costado derecho del ombligo, a un extremo de su pelvis, de entre sus dedos brotaron vertientes de sangre hacia el escenario. Se vio a sí misma, con mucho temor quitó su mano y me permitió ver que sucedía en realidad, había recibido un disparo. Sentí dolor, porque era ella muy joven, hermosa, con una beldad semejante a la tuya, era conmovedor ver como desfallecía esa preciosidad.

—Qué desdichada, morir tan joven y a manos de alguien desalmado —a Flor le dieron escalofríos al escuchar el sueño que Mario le relataba, hasta se persignaba— Lo bueno es que solo fue una pesadilla.

—Por suerte sí.

—Lo mejor es que la música es inspiración, relajación. ¿Te has imaginado un día sin música en todo el planeta? —comentaba Flor.

—Ay, no, ni lo pienses; sería mortal para los amantes del arte —se explayaba dramático el joven Mayito—. Para mí sería catastrófico, sucumbiría en un ataque sentimental, es que la música es un buen desahogo ante tanta oscuridad en el mundo. Hora de irte, ya hicieron los dos llamados, te toca entrar con los bailarines, yo te alcanzo.

Flor abrazaba a Mayito, sonriéndole, pero este, tras ella salir del camerino, se quedó farfullando maldades, mientras se hablaba a sí mismo al verse en el espejo.

—¡Maldita seas! Tuviera yo tanta suerte; pero los milagros no surgen por desearlos de dientes para fuera, hay que trabajarlos, florecita. Ay, ya, Mayito, hora de ir a triunfar, no dejes que nada ni nadie te opaque.

El malévolo jovencito salió del camerino, mientras, en las oficinas principales del cabaret, Fred charlaba con un empleado, un investigador.

—¿Que tiene para mí? —le preguntaba Fred al hombre calvo.

—Lo único que puedo adjuntar a este documento es mi opinión —decía el investigador.

—Es una fichita de lo peor de este país.

El hombre abandonó la estancia, Fred abrió la carpeta y encontró un documento con varias páginas, había fotografías adicionadas. El propietario del cabaret miraba con asombro aquellas imágenes, las cuales no exponían sobre que eran.

La noche se había adentrado con ímpetu, allá, en otro lugar, en un salón de fiestas, celebraban el cumpleaños de un amigo de otro amigo de Steve, mejor amigo de Jim y esposo de Griselda. La fiesta no pintaba alegre, pues era una familia cristiana, habían celebrado aquello entre alabanzas y versículos bíblicos.

—¿Qué ocurre? —preguntó Griselda, viendo a su esposo y a su amigo con caras funestas.

—Esto está aburridísimo, amor. No sabía que eran cristianos, bueno, tu andas alegre porque hay kahlua.

—No, mi amor, aquí cero alcohol, es que este pastor me excomulga si me ve tragando alcohol.

—Los pastores no pueden hacer eso —dijo Jim—. Me perdonan, pero debo volver a mi casa.

—¿Qué? —exclamó Griselda—, es muy joven la noche, como tú, mi amigo. Así que no te atrevas a tentar contra el fin de semana, porque iremos a bailar sopa de caracol.

—¿Qué tal si nos vamos a un cabaret? Hay uno que me dijeron se pondrá buenísimo, la inauguración es esta noche —Steve extrajo de su bolsillo un volante con la imagen de Flor, anunciando la apertura de Cabaret El Paraíso.

—¡Ay, sí!

Acongojado, Jim les ve darse un beso, los ve unidos como él deseaba estar con la que lo abandonó.

—Qué envidia me dan. ¿Por qué se fue? No le importó todo el amor que yo sentía, no merezco ser amado por nadie más que por el alcohol —comentó Jim.

—Encontrarás a alguien que te amará de los pies a la cabeza, eso será cuando cortes ataduras con esa bruja, además, eso me lo dijo tu horóscopo, lo leí hoy, y buen signo zodiacal que es cáncer —acercándose a él, le siguió hablando de forma maternal—: Tu madre te ama, sufre al verte sufrir, yo le prometí devolverle un hijo feliz, y de eso mi amado Steve y yo nos haremos cargo.

—Sí, lo harémos —dijo Steve, y Jim les solicitaba:

—Ayúdenme a sacarla de mi mente, a encontrar una persona que esté dispuesta a amarme y no usarme.

—El amor es un riesgo, mi buen amigo —decía Steve—. Toma ese riesgo, hazlo sin miedo.

—Hablando de personas que te usen, de esas siempre habrán, solo no les des chance de que te usen y lastimen —Griselda se tambaleaba de una manera cómica, pero negaba estar pasadita de tragos—. Mi amor, si cinco minutos te dan, goza de ellos, goza cada instante de placer que tengas, no lo lamentes, entrégate. Y si no se entregan a ti, no te preocupes.

—Así que tú irás al cabaret —replicó Steve, y Jim seguía negado:

—No, por favor, devuélvanme a mi casa, o déjenme tomar un taxi.

Griselda sentía que eso era como insultarla, no desperdiciaría una noche de parranda y tragos.

—¡Jamás! Si se enteran mis hermanos que yo digo no a una fiesta, me ponen a bailar por un día entero y seguro terminaré despuntada.

—Relájate, Jim, todo irá bien. Los vientos soplaran a tu favor —aseguró Steve, los esposos se miraron, figurando una mutua complicidad para llevarse Jim.

En el Cabaret El Paraíso, Mayito se encontraba en el baño, se miraba al espejo, reflejaba odio y enojo.

—Tú darás el brillo que yo quiera, eres de mi propiedad, florecita, eres mía. Eres mi familia, no permitiré que ningún maldito ponga los ojos en ti.

De repente entró Fred, lo vio destellar odio, él, como todo lo que hacía, era frio y calculado.

—¡Hola papi!

—¿Quieres casarte conmigo? —le respondió Fred.

—Es que... no estoy preparado, y ¿qué va a ser de Félix?, el es mi flor, va conmigo a donde sea.

Mario temblaba, Fred le contestó:

—Eres su espina, debes dejarla vivir.

Enfadado por el antedicho comentario, Mayito impugnó:

—No soy su espina, soy su cuidador, su hermano.

—Mi amor, cuando iniciamos esto, te dije que solo era sexo por dinero —contestó Mayito.

—¿Estas enamorado de Félix o como le quiera llamar? —preguntó Fred.

—¡Cállate! Eso es una calumnia, es una difamación.

Fred confirmó que Mario era perverso, su rostro exponía lo más recóndito de su ser, para apaciguarlo, se besaron, Mayito se hizo el enojado y salió corriendo, el hombre se quedó pensativo y, más que eso, asustado.

Capítulo 6
Ahí lo conocí, fue en el paraíso, un 15 de noviembre

Al interior del cabaret se anunciaba el debut de la flor sin retoño, la flor del paraíso. Las libidinosas puertas de aquel salón de placeres lúbricos dio cabida a la mayor aventura.

—Damas y caballeros, solteronas y solterones, casados, viudos, divorciados y cazadores, nos sentimos honrados de darles una sensual, ardiente y paradisiaca bienvenida a este, su cabaret El Paraíso, el lugar de los placeres. A nombre del señor Fred Mar Hondo, abrimos las puertas de este lubrico paraíso, donde el baile y los espectáculos se robarán su atención. Y espero que yo, su servidor don Puchi siempre esté para ustedes.

Don Puchi era el alias de aquel joven presentador, elegante, vestido de fino esmoquin. Mientras Flor se conducía al escenario, con dirección al salón entraba un fino caballero, alto, con porte y elegancia, manos grandes, barbilla al rostro, galanura de encanto, tez blanca, cabellos rubios, ojos color almíbar. Portaba en su cabeza un sombrero que hacia juego con su atavío de 1920, pues era ese el hombre que tanto soñaba Flor, y seria la desdicha para Mayito. Entre tanto, Puchi seguía parloteando con los concurrentes.

—Lo mejor en música de nuestras épocas, 50s, 60s, 70s, 80s, 90s; y hasta la que sus mercedes deseen. Para ustedes principiamos esta noche con algo espectacular, perpetuando los años cincuentas, disfrutemos de una flamante reina, a la verdadera y única emperatriz de las flores noctámbulas, nuestra *Flor del baile en El Paraíso*.

La forma en que don Puchi presentaba a Flor causaba recelo en Mayito.

Cuando se levantó el telón del escenario, Flor ingresó al escenario cargada por ocho hombres, sentada en un níveo diván sobre tablas acicaladas de coloridas flores que rendían homenaje a su mote artístico. Ella sonreía, lucia radiante, como jamás lo hubiese estado, y de ambas mamparas surgieron mujeres ataviadas de lúbricas flores y mariposas, entre la naturaleza y el brillo de la lentejuela, la música fue la magia que desató el lado intemperante de los hombres y mujeres, aquel atrapante y seductor baile erótico hacia que, en medio de los pecados del placer carnal, brotara la semilla del amor, y es que entre la danzarina Flor y Jim hubo una atracción que los hizo sentir que nadie estaba en ese lugar, sus emociones los invitaban a ser solo ellos dos, sus ojos se compenetraban, como si algo místico los conectase, como cuando mi abuela decía que *el verdadero amor es con quien conectas a primera vista*, así pasaba con ellos, tal y como ella soñaba, de rubios cabellos, tan parecidos al color del codiciado oro en el alma de Mayito, y ella, allí estaba, tan seria e interesada en esos ojos que la habían hecho viajar al desierto, donde la única flor con vida era ella. Cuando finalizó el sicalíptico, el hombre con cara de príncipe de ensueños se aproximó al escenario, mientras su vista marchaba con los pasos de Flor, murmuraba:

—Qué dote de hermosura posee la flor del baile.

Y sin esperárselo, escuchó a una mujer que le dijo:

—Sí que lo es, en verdad es tan bella como dura, tiene un rígido temple, un dolor semejante a las astillas encapsuladas en la piel.

Ella era Keila, una hermosa mujer con mohines casi masculinos.

—Preciosa Flor ella es —se expresaba Jim, aquel que parecía haber quedado embaucado, y sin darse cuenta, olvidaba a quien lo había abandonado—. Dichoso aquel que consiga derribar las espinas que la separen de su belleza.

—Mi buen caballero, le digo, esa flor ya no retoña, tiene muerto el corazón producto de un desengaño.

Interesado en el comentario, Jim preguntó:

—¿Le conoces?

—Quisiera decir que sí, pero nadie la conoce de verdad, no confía en nadie, como un animalito herido. El único que sabe de ella es su domesticador, su amigo íntimo, a uno que dicen no le gustan las hembras, a ese muchachito que dice ser su hortelano.

—Dígame quién es tal sujeto, debo conseguir su licencia para entrevistarme con tal peculio de belleza.

Y sonriendo, Keila le ayudó, pues Mayito no era muy querido, lo sentían falso y pretensioso.

—Se llama Mario, le dicen Mayito, unos dicen que está loco, que está obsesionado con Flor. La llama «su creación». Si va tras esa flor, debe tener por seguro que, para tenerla, habrá que caminar el desierto del alma de dicha florecilla, habrá que derrotar las espinas que se encuentre en el camino, y la espina más venenosa es Mayito.

Más tarde, Flor abandonó su caparazón para volver a ser el muchacho Félix. Keila le dijo a Jim que ese muchacho era Flor, y el hombre se halló frente a otra vestida como la que lo abandonó. Jim caminó al bar y le invitó un trago a Keila, por su lado, Félix consumía un poco de agua. Jim se alejó para aproximarse y romper el hielo entre nerviosismo, miraba al muchacho de gran ímpetu, serio. Jim, tan cerca y tan lejos de él se sentía, caminaba de un lado a otro, y Félix lo miraba interesado y rebosado de nervios, parecía que lo mareaba de tanto transitar. Jim le sonreía, aunque aquel gesto no le fuera de reciprocidad, debido a ello, la ansiedad del rubio crecía; pero finalmente se decidió afrontar esos impulsos, haciéndole ademanes a Félix para que aceptara un trago, pero aquel rechazó la oferta. La contestación dio pie a que Jim se acercara, Félix escuchó su voz, que lo estremeció de una forma casi sicalíptica, como la suave piel de aquel hombre recorriendo su cuerpo por completo, como si esas manos le deshojaran las espinas, devolviéndole la fragilidad de su vulnerada presencia. Jim llegó a él con un vaso de *adiós motherfucker*.

—¿Molesto? —esa simple interrogante fue la que derribó las espinas de Félix. A lo lejos Mayito lo miraba con antipatía, cargando su peculiar muñeca geisha, él era la espina más vigorosa de Félix.

—No —respondió Félix y sacudió el alma de Jim, fue como si de una bofetada le despojara de todos los afectos que aún sentía por la pareja que lo tuvo embriagándose y llorando.

Félix lo miraba con una cartera de mujer en el hombro, era esa que le había puesto Griselda, pues, ya estaba más que mareada, y sonriendo el güero le decía que no era de él, como si le hubiesen solicitado explicaciones. Pero aclarado el punto, reiteró sus temores inquiriendo:

—¿De verdad no causo molestia?

—¿Cómo cree eso? —aseguró Félix, y desde el escenario, la longeva Inés, sentada junto a su esposo pianista, miraba las reacciones de Mayito.

Félix y Jim se sonreían, hacía mucho no sentían esa placidez, y eso era lo que más desagradaba a Mayito, ver dicha en su flor.

—Si me molestase me hubiera levantado —continuó Félix—, es más tome asiento a mi derecha.

Mayito se acercaba, caminaba como si hablase con su muñeca, la anciana Inés lo observaba.

—En verdad venero vuestra belleza —aduló Jim a Félix—, criatura más bella en este recinto no hay. Mirad a todas las damas, son bellas, no se puede negar; pero no existe representación más que usted —Félix lo veía con entereza, pero mostrándose un poco renuente, y Jim contradecía sus reacciones—. A sus espinas no les tengo miedo, si ha de causarme la muerte con ellas, dichoso he de abandonar este mundo.

—Sus adulaciones carecen de ímpetu sentimental, me tienen sin cuidado, pues mentiras a diario escucho de los hombres —hosca era la actitud de Félix—. Palabras bonitas se las creen fácil aquellos quienes creen en la debilidad llamada amor.

Jim sentía que estaba herido, igual que él.

— Cuando habla el corazón, las mentiras están de más, no encuentran por donde bullir —cada vez que Jim hablaba, Félix sentía que sus espinas se suavizaban. «me gustas, pero no lo sabrás», era lo que en su interior se decía ante el elegante rubio, el mismo que le cuestionó otra vez—. ¿De dónde eres?

Al momento, casi queriendo ser irónico y gracioso, Félix ostentó:

—Soy solo una flor del mundo —y con eso solo lograba atraer más al gringo.

—*That's curious*, yo también soy del mundo; pero nací en *North América*.

—Encantador, ¿sabes?, siempre quise conocer a alguien como tú, decirle a un gringo lo que sentía.

—Que ojos tan hermosos ha brindado el creador para usted, podría mirarme en ellos por siempre —Jim volvió a adular, no lo podía evitar, algo sensacional los conectaba, despertando una confianza amena y fortificada—. Bendito sea el padre celestial, me ha traído a la luz de sus ojos. Ahora dígame, ¿que ha deseado decirle a un gringo como yo?

Y sin poder omitir esa sonrisa, Félix le respondió:

—Que siempre soñé esposarme con un gringo; pero cometí el triste error de creerle a un mentiroso, y heme aquí, a causa de dicho sentir terminé llamándome *Flor sin retoño* —Félix hablaba con liviano inquina—. Tuve que huir de quien amaba, para pasar a ser la empleada domestica del señor Fred, la mesera de su restaurante, antes de ser esta alma que ve ahora. Tuve diferentes oficios, no me avergüenzo, pero me han costado lágrimas lograr parte de mis sueños.

Jim tomó un sorbo de su bebida.

—Aun así, es usted la flor más bonita de este lugar —lisonjeaba a Félix, y retomando el tema del trabajo, dijo—: Recuerda que, para ser quien se desea, en la vida se deben dar batallas, no una, sino muchas.

Disimulando el encanto que le producía el gringo, Félix le respondía:

—No, mire bien, hay mujeres mucho más bellas que yo; finas, educadas, cultas, de esas de su clase social. No soy nada de lo que usted ve, comparándome con todas ellas, yo solo soy un remedo de mujer, porque solo estoy vestida cuando subo al escenario —Notando como el gringo le miraba, puso aquella barrer defensiva—. Y si trata de comerse un pedazo de carne, se equivoca, no soy carne para saciar bajas y hambrientas pasiones.

Sin querer burlarse, Jim dibujaba una sonrisa.

—No tiene por qué compararse con nadie, su belleza es única. No hay quien sea más bella que usted. Lástima que soy muy viejo, tengo cuarenta ocho años, y creo usted eres mucho más joven de lo que mi persona puede imaginarse.

Aunque a Félix parecía no interesarle el gringo, sus palabras y acciones a veces se mostraban contradictorias.

—Tengo veintisiete, pero la edad no tiene nada que ver con la amistad, y quizás importe en cuestiones de amor.

—Con respeto, es usted muy sabia, aparte de ser totalmente bella.

El español de Jim no era perfecto, algunas palabras las decía tan mal que, en lugar de malinterpretarse, daba ansias de reír. Por fin Mayito se acerco, caminando de forma afeminada, tratando de llamar la atención del gringo, y es que estaba alerta al ver a su flor en peligro de caer en las mágicas redes del amor.

—Querida, debemos marcharnos —y mirando al güero, le dijo—, disculpe, su merced.

—Sí, en verdad debo irme, discúlpeme usted —respondió Félix con docilidad, y el hombre le sujetó la mano. Ante esto, los nervios de Mayito se exponían con disimulo, notó como el uno y el otro se miraban con placida reciprocidad.

—Muchas gracias, Jim —era como sentir la gloria en sus labios al decir el nombre de aquel caballero, cosa que para Mayito era como sentir una bofetada—. Y yo soy Félix, artísticamente Flor.

— Es difícil no darse cuenta de cómo luce de hermosa, tiene usted un nombre majestuoso, tanto como Flor como el mismo Félix.

Mientras Flor escuchaba las adulaciones del güero, Mayito pensaba: «Este también tiene que ser para mí, qué pena, florcita, te quitaré tu polen y no podrás retoñar».

Ajenos a los pensamientos de Mayito, Félix decía en su corazón que la flor podría retoñar sin previo aviso, y Jim, sentía que esa magia serían los pétalos de la suave flor.

—¿Le veré otra vez? —preguntaba Jim.

— Trabajo aquí —cuando Félix le contestó, Mayito vio el anillo matrimonial de Jim, sonrió con malquerencia.

—Desde esta noche me has hechizado con cada pétalo de tu cuerpo, adorable flor, aquí me has de tener noche a noche —decía Jim.

Y Mayito, extasiado de tanto romanticismo, musitó gestos antipáticos. «Estúpida, ya te tragaste las mentiras de este, su anillo lo dice todo; pero la muy tonta ni cuenta se dio por andar necesitada de cariño».

Félix y Jim intercambian sonrisas.

—Y tú estás muy guapo —aventuró Félix, lo cual enfureció a Mayito.

—Disculpe usted, ¿nos podría conceder cinco minutos a Félix y a mí a solas —le dijo Jim a Mayo, quien, disgustado, lo aprobó.

—Ay, sí, claro, tómense la noche entera si gustan. Permiso —se marchó frenético, después de fingir sonrisas, cuando transitaba preso de su ira, pasó frente a la ebria Griselda.

—Disculpa, ¿me puedes indicar dónde está el sanitario? —le preguntó ella.

Y Mayito, enfadado le contestó:

—¿Sabes dónde está el bar?

—¡Allá! —señaló ella.

—Así como sabes dónde está el bar, ubícate con el retrete.

—Eres más malo que lo que iré a hacer al retrete; ya dime dónde o me haré aquí frente a ti.

—Pinche borracha —Mayito la ignoró y se fue.

—Qué joto más amargado —dijo ella, indignada.

Entre tanto, continuó la escena entre Félix y Jim, esa que Mayito no pudo evitar.

—Flor de la vida, eres muy linda, yo no quiero jugar contigo —le decía Jim.

—Todos quieren una sola cosa: placer y decir adiós.

Jim reconocía en este a un ser muy lastimado.

—Desdichado aquel que daño te ha causado. Yo no te ofrezco nada, pero podemos salir a comer y, no sé, si el tiempo quiere que algo se dé entre nosotros, que así sea, y si no, al menos forjaremos una buena amistad.

Félix sentía que aquel era diferente, era como el abono que esa flor necesitaba para resurgir. Jim continuaba diciéndole—: A mí las cosas a prisa no me gustan mucho, eso nos habla de personas ilusas, y las ilusiones son pasajeras y dejan marcas dolorosos.

— Los hombres vienen a mí, me ofrecen sexo, no más que eso. En mi vida solo he tenido el desliz de estar con un error, un hombre a quien le di todo de mi, y nada valoró, solo quería acostarse conmigo, fue un cerdo infeliz que me engañó. Yo no creo más en el amor.

— ¿Pero son sus ojos acaso mentirosos?

—¿Mentirosos por qué?

—Porque sus ojos me dicen otra cosa. Sus ojos hablan de un paraíso más allá del sexo, de un mundo donde hay una flor ansiosa de amar y ser amada. Me pintan el paraíso, donde el amor hace su fiesta perpetua.

—¡Basta! —lo rechazaba Félix.

—No temas sentir, no temas amar —la suave ternura de Jim convencía al corazón de Félix, pero aun lucía como animalito arisco—. Hermoso Félix, no le temas al sentimiento, témele a tus elecciones, te lo digo por experiencia; hay que saber a quién entregarnos para no terminar odiando los sentimientos.

—Sus facciones de igual manera dicen lo contrario que me ha dicho, que tiene mucho amor para dar y recibir, que las heridas también se curan.

—¿Le veré de nuevo? —volvió a preguntar Jim—. Podemos ir a desayunar, cenar o lo que desee, una cita, ir al cine. No sé qué decirle.

Jim estaba nervioso, pero también lo estaba Félix.

—Hora de ir a descansar —dijo Félix, sujetándolo de la mano, Jim lo retuvo.

— Sí, pero quiero conocer a Félix, sin su rostro artístico y sin miedos. Le dio un beso en la frente a Félix, se marchó el muchacho, dejando solo al gringo, en ese momento se acercaron Griselda y Steve.

—¡No! —expresa Griselda, emocionada al ver a Jim con un muchacho muy jovencito, y Steve añadió:

—¿Lo ligaste?

Pero Jim, con su inigualable toque de caballero, refutó:

—No, no es un ligue, es un ser humano lastimado por un ser insensible. Ligar con él sería lastimar más sus sentimientos —algunas veces su dicción en español era perfecta.

Y en medio de su embriaguez, Griselda dijo:

—El niño esta precioso, y sus ojos, los vi, vi como se miraban buscando los tuyos, y tú también.

Ruborizado por las sugestiones, Jim les comentó sobre el muchacho:

—Pobre ser, siento que ha derramado muchas lágrimas; tiene mucho vacío en su alma.

Griselda y Steve presentían el inicio de un amor sin tregua. Los días transcurrieron fugazmente, en la modesta casa donde vivían Félix y Mayito no había lujos, estaba muy organizada, tenía dos habitaciones, su sala de comedor, cocina, lo suficiente para vivir cómodamente. Una tarde, sentado en una silla de su pequeña mesita, Félix escribía en su diario, tan concentrado estaba que no se había percatado de que Mayito lo espiaba, mirándole con desafiante antipatía.

—Querido diario, quiero decirte que mi corazón no está muerto; presiento que mi alma está volviendo a retoñar, que no soy la flor sin retoño que yo pedí ser, que mis espinas no son tan fuertes. Él me hizo sentir de nuevo —la ternura de sus palabras causaban nauseas en Mayito—. No puedo negar lo que siento: amor a primera vista.

Y sorprendiéndolo, Mayito entró cargando su muñeca, con su elegante kimono, de esos que solía comprar en las tiendas de segunda mano. Se torcía tanto como si fuera una aristócrata, exagerando sus mohines corporales.

—Mi niña —murmuró Mayito—, otra vez caminando a la inapetencia emocional, tienes el alma igual o más esquelética que tu cuerpo —deslizando sus dedos sobre el cabello de Félix, seguía hablándole y mirándolo que animadversión—. Después no digas que no te lo dije, porque te diré «¡Te lo dije!»

Disgustado se mostraba Mayito con solo notar el rubor de Félix con principios de quimérico enamorado.

—Es que él es diferente —Félix se apostó en pie, y cuando empezó a describir al rubio, hacia que sus palabras le envolviesen entre ensueños y a Mayito entre ardorosas llamas—. Muy caballeroso, educado, culto, fino. Es el caballero que toda dama sueña.

—Pero tú no eres dama, eres hombre. Ser jotita no te hace damita —refutó Mayo, frenético, pero Félix ignoró los toscos comentarios.

—Se llama Jim, mis labios sienten placer solo de mencionar su precioso nombre, mi alma se viste de felicidad al imaginarlo —sujetó de las manos al nocivo amigo y siguió soñando despierto—. El amor hace conmemoración en mí, me deja escuchar la dulcísima música de sus palabras, es el caballero que he deseado.

«Eres una estúpida, hasta las palabritas de literatura se te pegan para describirlo», pensó Mayito, pero también dijo:

—Mi reina, todos tienen sus tácticas, todos los hombres son astutos y putos —sabía que debía matar las ilusiones de Félix, y bastaría con una frase—. ¡Es casado!

Eso había puesto en tela de juicio los pensamientos de Félix, quien, escudriñando a su amigo, lo interrogaba:

—¿Cómo lo sabes?

Preparando su estocada maestra, Mario se zarandeaba de un lado a otro como una malvada diva.

—No en vano soy una perra. Mis años de perra callejera no los invertí solo en placer, sino también en aprender.

En ese momento Félix buscó cualquier pretexto para dudar de lo que le decía, y no había forma de sacarlo de ahí, no hasta que lo indagase personalmente.

—No, no puede ser. Él y yo nos gustamos —decía Félix, Mayito disfrutaba derribar las ilusiones de su tan *querido hermano*.

—No empieces, vas a terminar hecha un mar de lágrimas.

—¡No! —Félix seguía replicando.

Mayito, mirando desilusionado a Félix, lo sujetó de las manos y dibujo una de sus falsas sonrisas, obligando a que le mirase lo interrogó:

—¿Te enamoraste?

Y sin que hubiese respondido, sabía la contestación; pero le gustaba disfrutar escuchando lo que querían escuchar, la verdad.

—Fue a primera vista, yo solo quiero ser amado y amar.

—¡No lo conoces! —argumentó Mayito, pero Félix decidió abandonar la habitación. Mayito sonreía.

—¡Él y yo nos gustamos —imitó a Félix para burlarse de él—. Estúpido, los hombres son románticos antes de conseguir lo que quieren, después les vales una margarita. Que romántica eres florecilla —caminaba y ojeaba el diario de Félix—, dejaré que ese gabachito hermoso te baje los calzones si eso quieres, dáselo y después que se largue. Merecido te lo tendrás, por bruto, sigue creyéndole al estúpido amor y a la inútil amistad.

El tiempo parecía pasar con pesadumbres para Félix, entre las hojas de su diario se leía:

El tiempo comenzó a pasar, mi gabacho jamás volvió al cabaret, yo lo buscaba entre la gente, mientras cumplía con mi trabajo anhelaba mirarle. Hasta esta noche, cuando un ramo de flores me sorprendió.

Capítulo 7
La flor retoña gustándole lo ajeno

Se encontraba Félix en el camerino, preparado para su siguiente presentación, engalanado con su respectivo personaje: la *flor del paraíso*. Tocaron la puerta y el se levantó a abrir, era uno de los meseros trayendo un jactancioso arreglo floral.

—Son para usted.

—¿Quién las ha enviado? —tomó la tarjetita adjunta, la leyó, Mayito la observó a distancia—. ¡Son de él!

—¿Por qué ese gesto, señorita Flor? —preguntó el mesero, la expresión en Flor había cambiado, con disgusto le pidió al mesero retirar el arreglo floral.

— Aviéntalas a la basura, muy lejos de mi vista.

—A sus órdenes —y viendo las costosas flores, él le replicaba—: ¿está segura?, están muy hermosas y no son baratas.

—Hablo muy claro castellano —sostuvo Flor—. ¿De qué te sirve algo bello por fuera si todo lo que lleva por dentro es podredumbre?

—Entendido —el empleado se marchó con el arreglo y Mayito no dudó en ponerle sal y limón a la herida.

—Han pasado casi dos meses que no viene a verte, porque no le importas, tiene a su pareja, su señora. Tú solo sueñas y te desvives por lo ajeno.

A Flor parecía no importarle las palabras de su amigo, lo único que quería era verlo.

—¿Estará aquí? —preguntaba ella.

—Sí, y pregunta por ti —como si le hubiesen dicho que un ángel lo buscaba.

—Florecita, ve y cámbiate para ser su Félix —Mayito se retiró pensando en sus maldades, en ese momento se encontró con la anciana pianista, apoyada con su bastón ella lo vio fijamente, se sostuvieron en un duelo de miradas, cuando intentó ignorarla, el bastón lo detuvo

—¡Quítate, vieja estúpida! —le pateó el bastón a Inés, pero ella, a pesar de verse decana, tenía fuerza, lo sujetó del cuello y con la punta del bastón lo sometió contra la pared. El jovencito se asustó, porque en el tiempo de conocer a la anciana, jamás ella había dado muestras de emoción alguna, se pensaba que era sorda y muda, que su único talento era vestir elegante para acompañar con el piano.

—Pobre Félix —dijo ella con aire de misticismo, los ojos de Mayito parecían dos huevos, la miraban con temor—. No hay nada más triste que tener una amistad falsa, es como un cuervo, se le concede confianza y termina sacándote los ojos. Tú eres el cuervo.

—¡Vieja ridícula! Jamás te había escuchado hablar, ahora mueves tu decrepita mandíbula para decirme tales estupideces.

—La mujer del sueño, sabes que era ella, y el asesino eres tú —aquella mención estremeció a Mayito, pues solo lo sabían él y Flor.

—¿Qué? —casi tartamudeaba escuchando lo declarado por Inés—. ¿Cómo lo sabes? Bueno, ¡me vale! Soy inocente hasta que se me indique lo contrario.

—Eres pura falsedad, gente como tú nos matan la confianza y nos llevan a dudar de todo. Por cierto, déjame darte la dirección de tu vida.

—¿Por qué mejor no toma su dirección rumbo al infierno? —Mayito se carcajeaba escuchando aquello que, en sus adentros, sabía que era real.

Ines presionó la mano del muchachito, soltó su baston y con su otra mano lo jaloneó de la oreja, a manera de amonestarlo.

—Florecito, eres locura, traición y muerte, sobre todo tienes un vacío, mucho mayor que el del alma de Félix, de la que pavoneas ser su cuidador.

—¡Vieja tonta! —gritó Mayo, ya habían llamando la atención de los empleados—. ¿Y ustedes qué demonios ven? A sus ocupaciones, manada de husmeadores, buenos para nada. No van a creerle a esta vieja, ¿verdad? No sabe ni lo que dice, confunde su realidad.

Inés, era hermana del propietario del cabaret, algo que nadie conocía al respecto, se sabía que no era sociable con nadie, era la que cuidaba de su hermano Fred, con quien Mayito tuviera sus enredos.

—¡La geisha! —escuchar mencionar a Inés lo de la geisha, hizo tamborilear lo más recóndito de Mayito— ¡La geisha corre! La geisha grita. Vestida de pena, pregonando su pecado va, «me pagaron para que mate a mi mejor y única amistad». La geisha baila mientras desvanecen las vidas de una flor y su cuidador, mismos que descoloran con los aplausos del público.

»Un arma la vida les arrebata con una fría bala, a una flor que lo único que en tu vida hizo fue darte su coloración, donde tú solo fuiste un parásito que vivió a expensas de ella. Morderás la mano de quien creció, sonrió, lloró, compartió y amó a tu lado, eres maldito entre los malditos.

Mayito despotricaba carcajadas.

—¡Suéltame, anciana! Si en verdad me conoces no me tientes, que antes de pisotear una flor puedo cortar de raíz a una hierba vieja y estorbosa. Mira que no sé de jardinería, pero podría estrujar hasta la flor más vieja del paraíso —Mayito había conseguido sacudir las emociones de Inés, quien por virtud poseía ciertos talentos supernaturales.

Félix se encontraba en alas de las ilusiones, allí estaba de pie, fuera del cabaret, mirando de espaldas al hombre que lo hacía vibrar con su sola presencia, y es que, ¿a quien el amor no lo pone de cabeza? La luna era su cómplice, fulguraba con esa tonalidad mágica, el rubio giró, se vieron como si se pertenecieran en cuerpo y alma. Después de actuar con reverencias de caballerosidad, sujetó de la mano a su flor, se sentía el cuidador ideal, caminaron hacia un banquillo junto a una frondosa buganvilia, y el suelo estaba colmado de pétalos. Se les podía apreciar venturosos sin decirse nada, el tiempo les hacía sentir placidez de disfrutar para poder amarse con el atisbo mutuo.

—Me gustas, Jim —rasgó el sigilo que había entre ellos—, más de lo que yo pudiera controlar. Nació a primera vista, sin pedirle permiso alguno a mi tenue corazón.

—Entonces, ¿por qué tiemblas y casi no me dices nada? —lo cuestionaba Jim.

— Tú me pones así. Se me van las palabras, lo único que puedo hacer es sonreír con tu presencia.

—¿Cómo así? —Sondeaba Jim.

—Me he enamorado de ti, ha sido a primera vista, aún creo que el amor existe —decía Felix.

—No me conoces, no sabes si soy malo, si solo quiero una aventura, una noche contigo, si me gustan los *guys* o las *girls*.

—Nada puedo perder si es por amor, además, sus ojos no son mentirosos. Si eso quisieras, ya lo hubieses tomado; pero tu mirada me dice que buscas más que eso.

—Félix, el amor de esta época ya no es fuerte, no es seguro, desde que el placer se hizo fácil, el amor sabrá Dios. Nos hemos convertido en asesinos del amor. ¿Por qué nos ilusionamos? Al entusiasmarnos cerramos los ojos espirituales, vemos y deseamos lo que queremos, no nos damos tiempo de conocer a la persona que según nos arrebata el corazón, terminamos lastimados por algo a lo que llamamos amor, cuando en verdad era solo ilusión pasajera. Para mí el amor es más que un «me gustas», el amor es otra cosa, es vida.

Félix escuchó la soltura con la que le hablaba del amor, a lo que le contestaba con su peculiar actitud derrotista:

—Jim, te amo. Este amor es mío, no está usted invitado a compartirme sus sentimientos, no le pido que me dé lo que no desea darme.

—Yo quiero decirte que vayas despacio, nada de prisas. Me gusta mucho las tortugas, porque ellas todo lo hacen pasito a pasito, con esa santa paciencia.

—Quiero saber de ti —manifestó Félix, delicadamente lo miraba, como si Jim fuese alguien de su mundo de fantasía, donde el amor regía sus almas.

—Soy como lo que suelo escribir, un libro abierto —dijo Jim.

—¿Eres escritor? —preguntó con interés.

—No, lo hago por pasatiempo. Me gusta escribir mis penas, los hombres también sufrimos en nuestros *corazonos*.

—Corazones, no *corazonos*. ¿Y qué escribes además de tus penas?

—Mi vida no es color de *roso*.

—Dirás color de rosa.

—Perdón, mi español no es *perfect*.

—¿Eres casado? —preguntó Félix a quema ropa, sin preámbulos. Sus rostros languidecieron, dándole espacio a la tristeza, se dieron cuenta que podrían atraerse, pero probablemente no podrían estar juntos por existir un tercero; uno era un amor ajeno, marcado por un compromiso ajeno, del cual Jim no había dicho nada, pero bastaban sus expresiones para saberlo.

—¿Sabes?, hasta hace poco fui tan feliz, hasta que se fue con otro *man*, yo sufrí mucho, lloré, la amaba tanto, fue tanto mi amor que, aun siéndome infiel, le perdoné cuando volvió. La recibí en mi casa, porque me dijo que no tenía a donde ir, después se fue cual ladrón a medianoche, se llevó las joyas, los ahorros que guardábamos en casa, mi auto, abandonó su trabajo por irse con él. Me dejó destrozado, sabiendo cuanto le amaba. Ya volvió, le perdoné; pero aún no le he hecho saber que le perdoné, bueno, es que no estoy seguro, quiero intentarlo de nuevo con ella —aunque se desarmara interiormente, Félix escuchaba.

—¿Vives con ella? —preguntó, aventurándose a cualquier contestación que podría elevarlo o derribarlo.

—Sí, pero es... *él* —Jim titubeaba, como si Félix significara la posibilidad de un nuevo amor.

—¿Duermes con él? —hacia pregustas que lo lastimaban, Jim no sabía mentir, se mostraba tal cual era, transparente en todos los sentidos.

—Sí —otro en su lugar hubiese ocultado la verdad, pero su honestidad era más fuerte.

—¿Cuando fue la última vez que intimaron?

—Más de tres o cuatro meses, pues se fue dos veces con diferentes personas. Mi madre me dijo que, si le perdonaba una, me haría otra y otra. No me importó que se llevará los inmuebles, sino que pisoteara mi amor.

—¿Y la va a perdonar?

—No lo sé, ahora estamos intentándolo, puedes aconsejarme, ¿lo perdono o no? Mi madre y mis amigos, aconsejan que no lo haga —casi caían las lagrimas por las mejías de Félix, no había nada más doloroso para él que aconsejar a quien amaba, pero lo prefería feliz con quien amara, y no desdichado a su lado.

—¿Tú corazón que dice al respecto? ¿Estás dispuesto arriesgarte a una traición más?

Jim titubeaba, desfalleció su mirada, pensando en lo que escuchaba de parte del joven Félix, ese muchachito de tan delgadas manos.

—¿La amas? No entristezcas, amar jamás será un error.

—¡Si, la amo! —Jim mostró su pena. —Pero ya no como al principio, el arbolito ya no quiere sobrevivir, dejó de ser cuidado, y me temo que ha muerto, solo que por costumbre no he derribado el tronco, me aferro a que vuelva a retoñar.

—Haz lo que te dicta el corazón, se feliz el tiempo que puedas ser feliz, disfrútalo, si él no te disfruta, muy su problema será. Pero tú no te arrepientas de nada, vívelo, amalo, y si él no es feliz a tu lado, pues que lo diga y te deje. Pero si te equivocas la culpa será solo tuya, porque tú le darás la oportunidad. Yo solo te digo, si es tu felicidad, síguela, haz lo que debas hacer con tal de ser feliz —lo aconsejaba, aun sabiendo que eso, era como si una daga penetrase lo más profundo de su corazón, en ese momento Jim dejó el libro que traía a un lado, sujetándole las manos le decía:

—Félix, ¿Por qué lloras?

—Por débil y tonto.

—No llores, tú eres de bella alma, encontrarás el verdadero amor.

—Jim, lo encontré; pero llegué tarde a su vida. Entiende, estoy enamorado de ti, eres tú el amor que deseaba encontrar, heme aquí, aconsejándote que vuelvas con él, cuando debería de optar por luchar por mi dicha. Pero si se te es feliz, esa será mi felicidad. Ojalá un día tenga yo una oportunidad contigo, pero cuando no seas ajeno. Debo irme.

—¿Te llevo?

—¡No! Por favor, no mates mis pocas fuerzas del alma.—replicaba con esas ansias de morir de amor.

—¡Félix! *Wait! Please wait!* —gritó Jim, pero Félix marchaba con premura, frotándose las lagrimas que inundaban sus facciones. Mayito lo vio cruzar, Jim lo intentaba alcanzar, a pasos rápidos y muy finos en su andar, cuando de pronto salió aquel nocivo muchachito.

—A ver, gabacho, ¿por qué no te largas y no vuelves jamás por este cabaret?

—*What are you talking about?*

—A mí háblame castellano. ¡Pinche gabacho!

—¿Qué quieres? —Jim reconocía en Mayito el brío de la malquerencia, ese mismo que se figuraba en aquella persona con la que él tenía una relación insana.

—Gringuito *hemocho*, güerito *pechocho*, en lugar de chingar a mí amiguita ¿por qué no vas con las que te gustan?, ¡las zorras!, anda, ve con la zorra de tu pareja —se mofaba de ver las reacciones del gringo, que no sabía cómo este conocía sobre su pareja—. Se te hace tarde, ten cuidado, las que hacen una, jamás paran de hacerlo. Traicionar es un deporte para ellas, sí cambian, papito, pero de estrategia, y no le hagas más daño a Félix. Viniste a vestir de pena y dolor a esa alma que se ha marchado, vete, que Félix, aun amándote como te ama, jamás te amarrará a su lado sabiendo que tienes grandes cuernos para poder amarrarte fácilmente. No lo hará, porque tiene valores y principios, que no se los inculcó ni una madre, ni una escuela, sino la perra vida. Ahora lárgate, que se me baja la paciencia. ¡Cornudo! —Mayito se dio la vuelta, Jim lo detuvo diciéndole:

—No es mi culpa de que se haya enamorado de mí, no le di esperanzas, jamás le hablé de amor.

Girándose muy lento, Mayito respondía con tremendo desdén:

—¿Querías un psicólogo?, mi amor, viniste al lugar equivocado, este es un cabaret, no un centro de ayuda mental. Flor es bailarina, y Félix un idiota conformista, ni el uno ni el otro tienen vocación de psicología, estúpido gringo pelos de sol.

—*Oh, God! You are really mean.*

— Lo sé, soy un niño muy rencoroso. —no tenía el menor reparo en reconocerse un individuo con maldad—Félix se enamoró de ti sin que le dieras alas, pero el amor es libertad que nace donde quiere nacer. Pobrecita mi amiga, jamás será feliz, estúpida, creyendo en el amor, si eso es una babosada que ni existe más que en las novelas baratas como las que ustedes leen.

—Flor, mi Félix, está vacía del alma. Yo no estoy preparado para cuidarle como merece.

—Ay, sí, pobrecito tonto, quiere llenar ese vacío con cualquier cosa que se le pone en el camino. Bueno, la verdad es que tú si eres una cosa rica, yo llenaría mi vacío contigo también, y me volvería a vaciar con tal de llenarlo siempre contigo.

—¿Qué puedo hacer por él?

—¡Acuéstate con él! Dale lo que pide —le respondió a Jim, quien no salía del estupor al notar el desprecio en el.

—No, hacer eso sería humillarlo, desvalorizarlo, usarlo. Para mí él es algo mágico, es mi *princeso*.

—Úsame a mí. Ay, ya, no me veas así, eso es lo que desean, el amor es eso, ¡sexo!

—No soy tan canalla, podría llevarlo al hotel, hacerlo mío, luego vestirme, marchar y dejarlo con un profundo vacío. Eso no es de caballeros.

—¿Sientes algo por él? Vaya, vaya, vaya, el gabachito siente amorcito por la florecita sin retoño —se burlaba de haber descubierto que sí sentía algo por Félix, aunque probablemente fuera un amor marcado a la soledad.

—*I don't know, buddy.*

—*Okay!* Vamos, yo sé que te gusta, sientes que te tiembla la pistolita cuando se miran. Si sabré yo, soy una chucha, tal es así que puedo aseverar que estas enamorándote, y que eso traerá muy malos sinsabores para mi querida florecilla.

Jim se marchó sabiendo que Mayito tenía razón, la semilla del amor prorumpia, sabía que el amor existe y seguirá existiendo, pese a aquellos que lo traten mal. Furioso por su conjetura, Mayito, balbucía:

—¡Estúpidos! Están enamorados, esto no me conviene —Mayito chasqueó sus dedos, en signo de que algo haría para impedir ese amor.

Otra noche acaecía en el cabaret, Flor interpretaba otro de sus números artísticos, era acompañada por el talento de la pianista Inés. Los comensales podían apreciar en la artista una gran congoja, allí se le veía, radiante, luciendo un blanco acicalado con lentejuela, que parecía se le miraba la piel, resplandeciente con sencilla bisutería. A Mayito le placía el desconsuelo de Flor, pensaba que se lo había buscado por creer en el amor, y eso era solo la punta de lo que estaba por estremecer a todos en El Paraíso.

Capítulo 8
Amor prestado

Desde el exterior del cabaret se auscultaba la maravillosa voz de Flor, interpretando una clásica melodía: *Flor Sin Retoño*, del compositor mexicano Rubén Fuentes, la cual había sugerido para sentirse comprendida. Parecía que Flor era otro mortal más que, mediante la música, solía flagelarse por amar a un amor ajeno, o como lo llamaba: un amor prestado.

Pasaron algunas noches, y en una de ellas el destino de Félix parecía conducirse por un andén equivoco. Allí estaba en el camerino, escribiendo penas de amor, ahogándolas con licores que no queman el alma sino el cuerpo. Mayito, que disfrutaba verla amolarse, la vigilaba constantemente, y no desaprovechaba la oportunidad para hacerse sentir que tenia la razón, así que, tras abrir la puerta, la encontró sollozando.

—Se supone que el licor debería ahogar las penas, pero parece que las mías han aprendido natación, como lo dijo esa chingona de Frida Kahlo.

—¿Se puede saber desde cuando Félix Cruz bebe? —preguntó Mayito, al instante que le arrebataba el trago.

—Desde que mi corazón volvió a retoñar, dejé de ser la flor sin retoño.

—¡Ay, Félix!, ¡ya basta! Quítate de la mente a ese gabacho de porras, ¿qué ofrece un hombre casado? Nada, solo ilusiones, falsas promesas. Dime, ¿quieres tu lucir una joya prestada? —Llamaron a la puerta, Mayito corrió y se recargó contra ella—. Él dirá que te ama, se ira, volverá y te mantendrá en secreto. No serás su amor, serás su amante.

—¡Adelante! —gritó Félix, ignoraba las palabras de su amigo. Mayito se quitó de la entrada, Keila se asomaba radiante, quizás traía novedades.

—Flor, llegó el nuevo bailarín; es hermoso, es el mango más delicioso del árbol del paraíso.

—Acuéstate con ese, un clavo saca otro clavo, olvida ese gabacho, échate con el nuevo, quien quita y te enamoras —Mayito sugería algo que Félix se rehusaba hacer, no había forma alguna de que él desistiera del amor que lo tenía retoñando.

—¡Es un bombón! Uf, que piernotas, sus nalgas me enloquecen; fue stripper en otro clubs de Hollywood, yo me lo comería aunque fuese una sola ocasión —Keila producía mohines incontinentes, Mayito la miraba con repulsión.

—Anda, te lo dejo, no me lo echaré —vacilaba, pretendiendo hacer reír a Félix; pero los comentarios de Mayito no levantaron el ánimo de la marchita flor.

—Ay, Mario.

—La verdad está como quiere, uno de esos sí que se me antoja, se llama Ignacio Garcés, esta noventa, sesenta y revienta de rico.

—Como todos, solo quieren sexo —mascullaba su mordaz pensamiento.

—Ni lo conoces y ya lo estas catalogando. El problema no son los demás, es tu cabeza que juzga sin conocimiento —la reprendía Mayito.

—Todos son iguales, es lo que tú siempre me dices —le recalcaba a Mayito.

—No todos los hombres somos iguales, porque yo soy joto —carcajearon los tres.

—¡Ja! ¿En que cambia? Eres igual que ellos, no dejas de ser hombre y adicto al sexo.

—Deja de tomar, debes estar sobria; hoy debuta el nuevo bailarín. Anda, tal vez y se enamoran y son felices por siempre.

—Mayito, siempre pensando en mi bien. Yo no quiero más amor que el de mi gabacho ajeno.

—Félix, ¿te has escuchado? Te conformas con ser la otra, ¿tan bajo caerías por amor? —cruel o no, era la realidad lo que Mayito decía.

—Por favor, cariño, déjanos a solas —le dijo Keila a Mayito, desagradado, el muchacho aceptó salir—. Amiga, sácate a ese mal amor, si no lo haces se pudrirá tu alma, tu corazón se endurecerá, serás muy desdichada si tu lo permites. Tú vales, eres bello tanto como hombre como Flor. Ámate, enamórate, ten sexo, equivócate, vive cada pinche experiencia. Qué importa si te dejan como un florero de cuernos, al fin y al cabo habrás disfrutado la vida, que es solo una —Mayito, que había escuchado aquello, volvió abrir la puerta y les dijo:

—Eso mismo, una es la vida, y te apuesto que ese gabacho ahora mismo está montado encima de su intento de mujer, y tú aquí, borracha, llorándole, escribiéndole estúpidas cartas de amor.

—¡Ya sé, Mario! ¡Ya márchate!

Mayito volvió a cerrar la puerta, pero se quedó detrás escuchando.

—Keila, todos son felices menos yo. Cuando acepté mi preferencia como algo normal, pensé que sería feliz, que encontraría el amor; pero no fue así. Es más difícil que aceptarse a uno mismo.

—Mira, Florecilla, sé cuan duro es aceptarse uno mismo, uno es su peor enemigo, vivimos buscando aceptación de los demás; pero no somos capaces de decir abiertamente «soy homosexual». Tenemos miedo a decir quiénes somos, y si no nos amamos nosotros mismo, ¿cómo esperamos encontrar el amor? El día que te ames de verdad el amor llegara por añadidura.

—Ay, Keila, yo soy del gabacho, lo amo, por él volví a retoñar, la flor sin retoño volvió a vivir. Sentí que mi alma se transformó al conocerlo; pero es ajeno y..., no puedo construir mi dicha sobre la destrucción de un matrimonio —afligía cada momento que tocaba el tema del gringo—. Él solo puede ser mi amor prestado, es con quien deseo hacer mi vida para siempre; pero llegó tarde a mi vida, o quizás yo a la suya.

—Bendito gringo, pero no es para ti.

—Lo sé, y es lo que más me duele, hoy sí que me duele la realidad.

—Acuéstate con él, disfrútalo, no se lo quites a su mujer, tómalo prestado y se lo devuelves una vez lo hayas disfrutado al máximo. Quédate con el placer de haberlo hecho tuyo, de haberlo sentido en tus brazos —Keila no había sido la primera persona en darle esa opción, la de ser parte de una libidinosa aventura; pero él era como pocos en el mundo, no solía vivir aventuras tan fuera de su moral, respetaba y veneraba lo que significaba amar.

—Eso jamás, es casado y yo respeto eso. Si cayera en ese juego, lo mío no sería amor sino calentura, prefiero amarlo y no gozarlo como juguete de placer.

—Si no dejas a un lado esos principios, jamás disfrutarás los néctares de la lujuria. Lo ajeno es más incitante y delicioso que lo propio. No todo tiene que ser amor, eso del amor solo existe en las tantas novelas románticas que lees. ¿Sabes?, también amé, tuve la desdicha de un amor escondido. Sé que duele mucho, es como sentir el filo de una daga, duele tanto o más que un disparo al corazón, pero se supera. Aunque me desahogué con la amiga equivocada, a veces uno comete el error de amar y dejar entrar en nuestra vida personas que no valoran nuestros sentimientos —Flor desconocía que vivía algo similar con Mayito, porque su ciego afecto no la dejaba ver la realidad—. Cuando uno ama a una persona prohibida, no le importa sufrir, sabe que va a llorar; pero nuestra alma siente y necesita llorar, aun a sabiendas de que no tendrá esperanza alguna. No sé si es que a una le gusta sufrir, ser masoquista, te inventas esa esperanza de que vendrá por ti y, con el tiempo, te das cuenta que no, aunque duela, no es la historia que te toca vivir —escuchar a Keila entristecía mucho mas a Flor.

—No llores, Keila. Yo solo soy una flor pálida, podrida de dolor, sufrida porque sé que la equivocada soy yo. Él no me ama ni siendo Félix, mucho menos siendo Flor, Jim ama a su pareja, y eso no lo pudo borrar.

—Amiguin, te voy a contar de Jaime, lo conocí bailando, yo me dedicaba al tubo, ahí fue donde me enamoró. Aunque no lo creas, yo todavía era virgen, nos entregamos en cuerpo y alma, eso era lo que yo tenía pensado que él hacía conmigo, entregarse. Me hizo creer que nunca había tenido mujer en su vida, que era virgen como yo, pero cuando yo más le amaba, descubrí que era casado y padre de familia. Yo le llamaba por teléfono, le escribía las mas primorosas cartas de amor, le enviaba textos a su celular, él me decía «ahora no, estoy con mi esposa e hijos, espera a que te llame, no me vayas a meter en problemas». Eso desgarraba mi corazón, fui su amante, la otra. Por suerte, hice caso a mis amigas cuando decían: «un clavo saca otro clavo». Fue cuando tuve mi primer romance lésbico, sí, soy bisexual, no pongas esa cara de mustia —se abrazaban y reconfortan mutuamente.

Pero el sufrimiento que viviera Félix no era diferente al de Jim, quien al interior de su residencia charlaba con su esposa Krista El, en la sala del comedor, sentados a la hora de la cena. Era un ambiente frívolo, la sirvienta servía y los miraba tan infelices a pesar de tenerlo todo a manos llenas. Después de tan largo silencio, Jim preguntó:

—¿Qué hiciste hoy? ¿A dónde fuiste mientras no estuve en casa?

—¿Celos? Cariño, te pedí confianza.

—No, aquí la relación no funciona así. Se te olvidó que se te desplomó ese frágil cristal, lo quebraste esposa mía.

—¡Jim, te amo! Fue un error lo que cometí —iniciaba la trifulca matrimonial, esa que los últimos meses entretenía a la servidumbre, de la cual murmuraban desde el chofer hasta la criada más antigua de la residencia, y es que la pareja protagonizaba algo mas bueno que una telenovela.

—Uno, no, dos errores, te fuiste con dos hombres diferentes.

—¡Basta! Dijimos borrón y cuenta nueva. Además, tú no eres tan ardiente, odio que seas tan cursi.

—Como digas, Flor. ¡Digo, Krista!—mencionar el otro nombre desató a Krista El.

—¿Flor? ¿Quién diablos es Flor? Seguro un jotito infeliz.

—Es alguien especial —dijo Jim, no pudiendo esconder el rubor al mencionarlo.

—¿Me engañas? ¿Lo haces por venganza? ¡Divierte con esa prostituta! Tú seguirás siendo mi marido, y ella solo la otra. Pobrecita, siempre será la sombra de la señora, comerá de mis sobras.

—Krista El, creo que me estoy enamorando de ella.

—Antes de que me pidas el divorcio, te mueres y contigo esa maldita piruja.

—Discúlpame, pero si alguien es piruja, eres tú —la escena seguía acalorándose aún mas.

—Querido esposo mío, la flor se va a morir, recuerda que la vida de las flores es efímera. Le queda muy, pero muy poco tiempo de vida.

—Le tocas un solo cabello y yo mismo te mato. Y no olvides que tú fuiste Cristian Isael, antes de ser Krista El.

—¡Bravo! Gringo valiente, te atreves a defender a esa florecilla sin sol. Ay, eres tan cursi, de seguro te crees su solecito —Jim se levantó del comedor, se dirigió a Krisa El y sujetó su mandíbula.

—Nunca pensé odiar a quien un día amé, esposita mía. Soy tan torpe que mi vacio lo quise llenar con cualquier cosa. Eso eres tú, cualquier cosa, después de todo, sigues siendo la domestica de mi familia.

—¿Me llamaste cualquier cosa?

—Eras, eres y serás solo una maldita sirvienta, a la que quise poner en un pedestal. Pero lo fácil se te salió de control, pensaste que yo era ciego, sordo, mudo y estúpido; pero no, error, hoy puedo decirte que he dejado de amarte.

—Respira, hermosa Kristy, respira hondo; inhala, exhala —lo jaloneó de la corbata, lo acercó a ella y lo besó—. Escúchame, mi vida, cuida de tu flor, no vaya a ser que los rayos del sol la quemen, que su solecito de oro la abandone, o los filos de mis navajas deshojen sus hojitas y sus pobres pétalos se manchen con el rojo de tu sangre y la suya. No quiero verme y sentirme mala, mi amor, bien sabes que se usar muy bien los cuchillos, fui tu chef antes de ser tu esposa.

—No vaya a ser que la que se queme sea otra y la que se acorte sea tu vida, ex preciosa mía. Ahora, permiso. Denis, ¿puedes llevarme la cena al estudio? —Jim se marchó, la sirvienta se miró cara a cara con la desairada y furibunda esposa.

—¿Lo has visto? ¡Traidor maldito! Me deja por una prostituta, no, lo que es peor, por un travesti.

—Señora, usted también fue hombre, ¿o lo ha olvidado? El señor Jim fue quien terminó de costearle su cambio de sexo.

—¡Estúpida! ¡Metiche! ¡Felina convenenciera!

—Señora, no conozco a esa tal Flor, pero si es de buenos sentimientos, y quiere al patrón, yo la querré.

—Denis, ¿sabes que te puedes quedar sin trabajo?

—¿A caso es su casa el único lugar donde me puedo emplear? Su suegra me recibiría con los brazos abiertos, soy buena en mi oficio, y usted en nada es buena, solo para malgastar y andar de enaguas caliente.

—¡Tonta! ¡Atrevida!

—Agradecida, no atrevida. Me alegra que el señor se vaya a divorciar de usted, siempre supe que eras poca cosa para él. No vales nada, bruja adúltera.

—Mi amor, no voy a ser a divorciada, voy a ser viuda, rica y heredera, y tú irás a la calle por lambiscona —cuando Denis abandonó la sala del comedor, la frenética mujer murmuraba—: Florecilla, nunca me han gustado las flores, por eso te odio más —miraba en su teléfono móvil, aquellas imágenes de Félix y Flor, de las que ni Jim ni Flor estaban enterados.

En Cabaret El Paraíso la noche seguía con su esplendor, Flor interpretaba un dueto musical junto al nuevo artista, Ignacio Garcés. Era una propuesta del recién llegado, se trataba de la hermosa composición de Manuel Alejandro y Ana Magdalena, que en radios emisoras se escuchaba mucho a dúo con los intérpretes Jeanette y Enrique Bunbury, cuyo tema se titulaba *Frente a frente*, una melodía que tocaba a lo más profundo del alma en Flor, con tan solo el fragmento que dice: *solo quedan las ganas de llorar*, ella se sentía reflejada en la copla de la composición. Por un momento ella buscó a su amado, ese que vivía un infierno como el suyo, pues su matrimonio con Krista El era un caos. Flor abusaba del licor a causa de su tristeza, pero en medio de todo eso, algo de esperanza brota, y es que Ignacio parecía sentirse atraído por Flor. Mayito detestaba que, tanto en los ensayos como en presentaciones, la pianista lo trajera entre ojos, y justo esa noche lo atrapó expresándose mal de su amigo.

—¡Púdrete amándolo! Pronto esto culminara como debe ser —decía Mayito, no percatándose de la pianista. El infame pidió un trago al cantinero, siguió dilapidando pensamientos en voz alta—: Félix y Flor son tuyos, tú hiciste a flor, tú eres su dueño, ni un solo gringo se la llevará. Si ya antes logré sacar de su vida al maldito de su ex novio, no voy a fallar con este que es casado.

—La locura no debería ser mala; pero en ti lo es —lo sorprendió Inés—. Dicen que los locos dicen la verdad, y tú demuestras que de verdad eres malo.

—¡Cállate! Si abres el pico, tenlo por seguro que te mato —advertía Mayito.

—No te temo, yo ya estoy robando oxigeno.

—Entiéndalo, yo a Félix lo amo, es mi todo.

—Cuando no sientes, mientes, todo por la conveniencia, en este caso por no volver a ser pobre. Sabemos que Félix goza de buen capital, ya no es el mismo vagabundo que conociste, el progresó, tú no, tú sigues lleno de lo mismo: odio —señalaba Inés, acrecentando el frenesí en el malvado.

—¡Yo trabajo!

—Pero contando la fortuna de Félix, de la cual vives a cuerpo de rey, porque teniendo talento no lo sabes aprovechar, por vivir ocupado de cómo los demás pulen sus talentos. Eso es pura envidia.

—Yo soy el que merece los aplausos, el dinero y el éxito, no ese chillón soñador y enamorado de lo ajeno —escupía su rencor contra Félix.

—Cuidado con los cuervos, suelen ser peligrosos y producen daño, los crías, pero al final terminan sacándote los ojos.

—Los únicos cuervos peligrosos son los hombres que se acercan a mi Flor, creen que porque ya está cultivadita la pueden estrujar. No, señora, a mí me costó huevos hacer de

Félix una flor recatada, y ojalá usted mañana no amanezca con vida, así me ahorraría el asco de teñir mi alma con su cochina sangre —amenazaba Mayito, acto seguido, se fue.

—Félix, sin darte cuenta haz criado cuervos que solo traen fatalidad; él no será feliz y tampoco permitirá que tú lo seas. —murmuraba Inés mientras cerraba la tapa de su piano.

Al transcurrir de unos días, Félix, encontrándose en su pequeña casa, recibió algunos mensajes de texto, al ver que eran de Jim, toda la tristeza se le fue en un santiamén. Él lo invitó a Denny's, ubicado en el 1181 de Whittier Blvd, Whittier CA. Dos horas después de la comunicación telefónica, Jim se presentó en la vivienda de Félix y Mayito, un apartamento en el segundo nivel, ubicado en la calle Comstock Ave, en la ciudad de Whittier. El gringo, alto y apuesto, gozaba de ser todo un caballero, se estacionó frente a los apartamentos, bajó del auto, caminó un poco, abrió el portón y subió las empinadas escaleras. Llamó a la puerta, lo atendió la dueña de la vivienda, misma que le notificó a Félix de su llegada.

Cuando Félix salió del apartamento, Jim estaba de espaldas, lo volteó a ver, se sonrieron como si mirasen a su amor real, ninguno de los dos notaba que los vecinos los miraban, unos levantaban las persianas de las ventanas, otros cabeceaban por las puertas o ventanas. La vecina más cercana, doña Juanita, era una longeva que tenía un sinnúmero de gatos y dos perros, animales que rescataba de la calle, la muy picara le hizo ademanes.

—*¡Ssh!*, acércate *mijo*, mira que no me puedo levantar porque me acabo de mear en los calzones, y no por tu novio, que si tuviera unos años menos, sería perfecto para mí.

—Ay, doña, Juanita, que cosas dice

—Félix, ese es amor de verdad, míralo, es galante, cortes. Me saludó, no como los amantes de esa señora donde vives, esos son vulgares, vagos sin oficio ni beneficio. Mira, él va a ser el amor de tu vida, puedo decir que ese hombre vale oro. Me recuerda a los amores de los que me platicaban mi abuela y mi madre, caballeros respetuosos. Si logras ver eso en él, serás feliz.

—¿Y si él ya es ajeno? —la cuestionaba Félix, y muy quitada de la pena, Juanita le contestó sin pudor:

—¡Échatelo! Él es tuyo, tu príncipe.

—Ay, doña, los príncipes como él no nacen para estar solos, él ya le pertenece a alguien.

—Mira, deja de ser negativo y no lo hagas esperar más —le dijo Juanita y él fue a su encuentro, se abrazaron, sonrieron, poco faltó para decirse un «te amo». Jim demostró una vez más esa caballería de la que hablaba Juanita, le abrió la puerta del auto, esperó a que se sentara para cerrarla. Una vez ambos en el interior del auto, marcharon rumbo al restaurante que Félix escogió. Jim pensaba que Félix seleccionaría uno diferente, pero el muchacho no conocía mucho la ciudad. Algunos minutos más tarde, Félix y Jim llegaron al parqueo del centro comercial donde estaba Denny's. Jim le abrió la puerta del vehículo, le ofreció su mano para salir, caminaron hacia la entrada de la estancia, iban abrazados como si fueran dos enamorados. Jim abrió las puertas que conducían al interior del establecimiento, la mesera les recibió, los llevó a su mesa, minutos más tarde tomaban café, compartían una copa de helado de chocolate y vainilla con crema chantilly y una cereza en la punta. Se les podía ver comer y beber de un mismo plato, copa y taza con café, cualquiera diría que eran novios, disfrutaban comerse con la mirada. Jim, con una cucharilla de plata añeja le daba helado en la boca.

—He traído algo que escribí para ti —le dijo Félix.

—¿Ah, sí? ¿Qué ha traído mi flor para este hombre que la venera?

—Jim, tú sabes muy bien que estoy enamorada de ti, solo tengo que verte para saberme feliz.

—Me place escuchar tus expresiones, me haces feliz —contestó Jim. Incluso conociendo el estado civil del gringo, Felix parecía apostarle a su amor, del cual sabría que había la posibilidad de ganar o de herir.

—Jim, no me digas más, esa mirada me desarma, me deja sin palabras. Te dejaré mi carta, porque debo irme, quiero que la leas, que sientas lo que yo dejo en esas cortas líneas —Jim lo detuvo, pagó la cuenta, salieron de aquel lugar y volvieron al auto, en el parqueo del restaurante se miraron, tan apasionadamente que Jim lo abrazó. Félix parecía nacer de nuevo, dejaba que las ilusiones volvieran a florecer, de presto entró la llamada de Krista El. Jim no negó de quien se trataba, de hecho atendió la llamada, puso el alta voz en el auto y se trataron muy mal. Después de cortar comunicación, Félix salió del auto, mientras abandonaba el lugar, Jim abrió la carta, comenzó a leer, las palabras conmovían al hombre.

Mi corazón está enamorado de ti. Eres mi príncipe. Todos los días te pienso, deseo escribirte mensajes de amor, llamarte, decirte cuán grande es lo que por ti siente mi alma, mente y corazón. Me duele cuando me dices que no te envíe mensajes porque te pondré en problemas, y yo sé a lo que te refieres con ello, y es por eso mismo que me duele. No te pido que me ames, porque el amor no es una petición, no se trata de una obligación, ni es forzar a nadie.

Reconozco que a ti llegué muy tarde, pero no puedo quedarme en silencio con lo que por ti siento. De corazón te pido que, en nombre de lo mucho que te amo, seas feliz; pero se feliz con quien te haga feliz, porque tú, mi príncipe, te lo mereces. Estoy celoso de no ser yo quien te diga diariamente «Te Amo», de no ser yo quien duerma y se levante a tu lado, de no ser yo quien te dé muchos besos y más.

A Jim le corrían las lágrimas a través de sus mejillas, hubiese deseado que todo eso se lo dijera Krista El. Motivado e intrigado por la carta, continuó su lectura.

No soy tu segunda opción, soy alguien que te ama. No te pido que dejes a tu esposa, tal vez te hace feliz, y te prefiero feliz que sufriendo a mi lado. De nada me sirve tu cuerpo en mi cama si tu alma está en el corazón de otra persona. Sé que es un error amarte, porque eres ajeno. Mis amigos me dicen que te olvide para que no me cause daño, pero ¿cómo puedo olvidarte si te amo? No sé como permití este sentir en mi corazón, quizá porque soy de los que aún cree en el amor a primera vista.

La carta lo estaba desarmando, Félix le decía todo lo que él deseaba que otra persona le hubiera dicho.

Perdón por amarte. Perdón por no poder olvidarte. Perdón porque mi corazón, alma, mente y cuerpo desean ser tuyos. Como sé que nunca serás mío, hoy decido ponerle punto final a esto, con mucho dolor te quiero decir adiós, aunque el dolor sea a mí a quien ataque. Debo renunciar a mi sentir, porque no quiero separarte de quien amas y te ama. Deseo que sea ella quien te haga feliz cada segundo de tu vida, porque si un día te encuentro solo y triste, yo volveré a ti, para amarte, restaurar tu corazón y decirte que el amor verdadero jamás muere. Volveré para amarte y jamás irme de ti. Jim, hoy de ti me llevo las risas, tu rostro en mi corazón, tu belleza física y espiritual, me llevo las miradas que me hacían subir al cielo, y me llevo las penas que mi corazón sentía al saberte lejos de mí. Me llevo los cortos, contados y robados momentos que contigo compartí a escondidas de tu dueña, me llevo las caricias de tus manos, los besos que tus ojos no me dieron, y sí esos que mis ojos te daban y tú ni lo notabas, los nervios que me hacían temblar al estar a tu lado. Me quedo con los besos que mis labios quisieron darte y no pude.... Tal vez por miedo, miedo a tu reacción, a que te fueras y no quisieras volverme a ver. Mi amor eres tú.... Pero yo no soy tu amor. Ahora, llegó el momento de decir adiós, solo te digo que si alguna vez quieres venir a mí, hazlo, pero cuando seas libre para tú ser mío y yo ser de ti por siempre. Te amo como se ama a una persona con quien se quiere compartir la vida entera. Jim, tienes mi dirección, sabes que trabajo en el cabaret, allí estaré para cuando quieras volver a mí. Tuya por siempre. Félix, la flor del paraíso.

Jim entristeció, en el bolsillo de su camisa guardó la carta. Pasaban las noches llenas de penumbra para Félix, quien se desahogaba con la pluma y el papel, plasmando su desamor en las páginas de su diario y en las cartas. A los amigos de Félix les preocupaba que tomase licor para anestesiar lo que sentía, fingirse fuerte ante ellos aunque fuera solo por disimulo de un amor no correspondido. Aquel trago que Jim un día le dio a probar se había convertido en su delirio favorito, era el néctar que lo hacía ser parte de él. Repetía ese nombre «un adiós», y eso empeoraba el sentimiento.

En la residencia de Jim, Griselda lo visitaba en compañía de Steve, mientras los hombres conversaban y jugaban ajedrez, las mujeres se encerraron en la habitación matrimonial, consumían un trago mientras charlaban.

—Sí, Jim tiene un amorío de película, así tipo Disney. No, tipo The Notebook, si lo tiene con alguien más no hay culpable alguno más que tú, querida —Griselda era de esas mujeres que no se andaban con rodeos para decir sus verdades, y aunque Krista El torciera el entrecejo, sabía que así era su amiga.

—Olvidé que eres íntima amiga de mi marido, hasta parece que estas enamorada de él. Qué pena por ti, mi amado no tiene preferencias por ese lado.

—Yo respeto a mi esposo, obvio tu marido esta como Dios los manda, a mi gusto. Ay, no, es que todos los gays son divinos. Jim es mi amigo, tú también lo eres; pero de quien soy enemiga es de las infidelidades; si él te deja de amar, tú te lo mereces, lo engañaste repetidas ocasiones. Odio a las infieles como no soporto a los homofóbicos.

—¡Yo lo amo! —dijo Krista El, fingiéndose la victima enamorada.

—A veces cometemos errores que nos cuestan nuestra felicidad. Un instante de placer es una vida de lamentos. Yo a mi Steve no lo engañaría aunque viera una enorme hilera de papacitos, mi esposo es mi felicidad y lo respeto por encima de mi cerebro caliente.

—Antes de ser divorciada prefiero ser viuda. Pero sé que él me ama y yo a él, lo puedo sentir, esa vestida me lo quiere arrebatar, terminará con sus pétalos hundidos bajo tierra —las despreciativas palabras de Krista El no hacían temer a Griselda, pero en realidad nadie podía sospechar de lo que era capaz.

—Tal vez no es como tú te la imaginas. Deberías conocerla

—¿Y rebajarme? ¿Y mi clase? Bueno, es como la imagino, además, su amigo me la ha descrito y la conozco en fotografías; no es la gran cosa —confesaba Krista El, Griselda, permaneció pensativa, conjeturando que algo tramaba su amiga, y no se trataba precisamente de una buena obra.

—¿Su amigo? ¿Quién?

—Mario La Puente. No me veas así, mi deber es conocer a la arrastrada que quiere quitarme mi corona. Tú me conoces bien, primero fui la cocinera de Jim, y después su única razón de ser. Él no debe desviar su mirada más que a mi hermoso cutis.

—Ese no es un amigo, es un ave de rapiña. Pobre muchacho, tiene por amigo un buitre a su lado, ojalá pronto le abran los ojos —mascullaba Griselda.

—Lo que le voy abrir es un zanjo para sepultarla, por perra. ¿Cómo es él en sí? ¿Qué vibras sientes al verla? Kristy necesita saber más de su adversario, cuéntamelo, tú lo has visto en persona —sonsacaba a Griselda.

—Es de belleza perpetua, joven, provoca ternura y compasión, se puede notar un velo de penumbra en su alma, mucha soledad. También es un poco osca, como alma dura, es como un animalito muy lastimado, con una máscara de dureza; pero cuando le tratas es pura ternura, y hablo de él como *ella*, porque lo conocí como la *Flor del Paraíso*, la flor que le tocó a Jim, iluminar con su arrojo.

—Quiero verla personalmente, debe ser noble, con corazón salvaje o muy perjudicado. Mi marido es de corazón puro, no puede haberse enamorado de alguien malo.

Griselda miró a su amiga, y entre pensamientos le decía todo cuanto no se atrevía a decirle verbalmente. «Claro que Jim se enamoró de alguien malo, más que malo, podrido, eso eres tú».

La miraba con una risita burlona, acariciaba el rostro de Krista El en signo de afecto, sin la otra imaginar las reflexiones de Griselda.

—Nadie que se cruce en mi relación se irá con lo que es mío, soy capaz de hacerle desértica la existencia a esa florecita del paraíso.

—No le hagas daño a esa pobre alma, ellos no tienen más que amistad, él ya tiene mucho daño en su alma, lo puedo notar. Su único momento de dicha es el escenario, tu marido no le ha dicho nada de amor.

—Más les vale que no me hagan verme mala —mencionaba Krista El.

Un nuevo día arraigaba, los sentimientos de un amor no correspondido eran perjudiciales, y eso sucedía con Félix, quien parecía sentir un amor casi obsesivo. Pasaba las noches divirtiendo a los comensales, pero sus días y tiempos libres los dedicaba al licor y al amor ajeno. Caída la tarde sucedió un inesperado milagro, una nueva cita entre ellos tuvo lugar.

Jim pasó por él como la ultima vez, arribaron a un lugar privado, un salón, donde tras llegar al parqueo, el gabacho bajó del automóvil, se porto como siempre, abrió la puerta del auto para que Félix saliera, lo tomó de la mano, se miraron como si fueran enamorados. Se dirigieron a la entrada del salón que lucia encantador, había un camino guiado con albas y purpúreas velas, colmado de hojas otoñales. Mientras caminaban se escuchaba una música de fondo, en una pequeña y elegante mesa vieron una taza, un plato, un solo juego de cubiertos, porque eso hacia que ellos fueran uno, aunque no fueran amantes, solo amigos. Jim ofreció asiento, ayudó al joven a situarse, cuando estuvieron sentados, los dos se veían.

—¿Qué pasa, Jim? —preguntaba Félix.

—Podría mirar en tus ojos toda mi vida, soy esclavo de tus ojos de miel —ruborizados se miraban, deseosos de amarse; pero se los impedía su inquebrantable moral.

—Jim, somos dos pares de ojos de miel.

—Félix, eres lo más bello que mis ojos hallan apreciado y besado, porque todos esos besos que nos hemos querido dar, ya nos los dimos con nuestras sensibles miradas —expresaba Jim.

Mientras ellos endulzaban sus almas, Mayito y Krista El se hallaban husmeando, la malvada pareja del gabacho quiso arruinarlo todo; pero sagazmente Mayito lo evitó, se la llevó al auto de ella, donde explotó la furia de ambos. Después de unos instantes, salieron del auto, en contra de la voluntad de Mayito, quien la persiguió, volvieron abrir la otra puerta de la que Jim y Félix no se habían dado cuenta que existía, y viéndolos acaramelados, la malvada mujer dijo al falso amigo.

—Te pago para que la mates, el precio que quieras, ¡dímelo! —susurraba Krista El. Empalidecido por la oferta, Mayito se estremeció, por primera vez sintió que esos zapatos de mujer que traía no los merecía, eran tan caros, los había comprado su amigo Félix, el mismo por el que le ofrecían una jugosa propuesta sanguinaria.

—¡Acepto! La prefiero muerta que en manos de ese maldito engendro blanco.

Mientras ellos urdían la idea de asesinar al amor, Félix y Jim, seguían disfrutándose.

—A pesar de conocer tu estado civil, no puedo evitar seguir amándote —comentaba Félix.

—¿Por qué? No soy nada especial, soy un hombre grandote y viejón —replicaba Jim.

—¿Alguna vez el amor ha tenido explicación lógica? Yo creo que no; sin embargo diré mi argumento, te amo porque eres diferente, eres especial, eres detallista, sentimental y culto, todo lo que jamás creí hallar en un hombre —retornó a sus facciones aquella nostalgia de no ser a quien el corazón del gringo pertenecía.

—Permíteme —Jim se desprendió de su fino saco y se lo puso a Félix, quien temblaba, no por el frio, sino por el ardor que le producía ese amor.

—Ese corazón tiembla de emoción por las horas prestadas —Jim tomó asiento, lo volvió a mirar sin poder aludir palabra alguna, Félix lo sujetó de las manos, bastó con ese tierno gesto para que sus corazones palpitaran al límite.

—Félix, no quiero lastimarte, eres lindo, cualquiera daría hasta su vida por ti, mi hermoso caballero. Tienes tiempo, escapa ahora, antes de que sea tarde —rogaba Jim—. Evitemos que el corazón nos destruya y luego la mano humana nos haga desdichados por siempre.

—¿De qué hablas? —preguntaba Félix, ignorando las amenazas de Krista El.

—No somos amantes, tú y yo solo somos Félix y Jim —la voz de Jim sonaba suave y cariñosa.

—Somos más que eso y tú lo sabes.

—Somos algo mágico, algo que no pide cama —añadía Jim, aunque sabía que dañaba a Félix con sus palabras.

—Quizás sea un ofrecido, con todo gusto a la cama iría contigo —proponía la indecorosa la opción de ser el amante.

—Félix, lo mío no es juego, si yo te llevo a la cama, es porque de ahí no saldrás más que siendo mío, mi esposo, mi compañero de vida. Si te pruebo no podré huir de tus encantadores brazos, de tus ojos que me descontrolan, de tus labios de los cuales los míos no querrán librarse —las dulces expresiones hacían que Félix acogiera esperanzas que podrían cristalizarse.

—Yo soy tuyo aunque seamos amores prohibidos.

—Permíteme leerte.

—¿Perdón? —no comprendía Félix

—Sé leer con el alma —dijo Jim, se apostó en pie, se acercó a su florc, le sujetó una mano, comenzó la lectura afectuosa, por ultimo, concluyó en un caluroso beso en la frente de Félix, mismo que le dijo:

—Estas caliente —se refería a la calentura que se le notaba a Jim, pues su pene parecía estar erecto.

Jim cubrió con sus manos la entrepierna, comportándose realmente humorístico.

—*¡Vete, vete! Please go! See you!*

—Te amo.

—*Please! Don't say that! Don't love me!* —Jim sentía miedo de que alguien lo amara otra vez.

Krista El ofreció a Mayito un pago para asesinar a Félix, víctima de los celos y la envidia por una felicidad ajena, ambos osarían cometer el peor pecado: asesinar el amor. Adentrada la noche, Mayito transitaba las oscuras calles, nada ni nadie lo acompañaban, ni si quiera el murmullo nocturno, de repente a su mente llegaron los vaticinios de la anciana médium y pianista Inés. Mayito, traía su muñeca geisha, la más adorada de sus muñecas, la abrazaba y con ella departía. Escuchaba el eco de las palabras de Inés, era su conciencia recalcándole lo que se le había advertido. Mayito, quebrantado emocionalmente, se dejó caer de rodillas, llorando le decía a su muñeca geisha:

—Me pagaron para que mate a mi mejor y único amigo, ¡mi hermano! Perdón, Félix, solo así te podre alejar de ese maldito. Tú me conoces, yo no puedo vivir sin ti, hermanito, eres lo único que poseo.

Capítulo 9
El lado lunático del corazón de Mayito

Días después, Félix había comprado una vivienda, una casa muy hermosa, modesta, en donde vivían solo ellos dos, como siempre había sido el sueño de ambos. Ya no residían en la vieja y sucia sala del apartamento, donde también convivían con otros. Desde hacía mucho tiempo, Mayito se encargaba de manejar las finanzas de la Flor del Paraíso, la mejor pagada del cabaret. La nueva casa en la ciudad de Whittier tenía un hermoso jardín y tres habitaciones, dos de las cuales Mayito hacia uso. Mayito pronto dejaría escapar sus peores demonios, miedos, frustraciones y locuras. Entre risas y llanto estaba él, ya que se había tomado la noche libre. Estando a solas en un cuarto disfrutaba de cinco muñecas, a las cuales vestía con indumentaria de la época victoriana. Sentadas sobre un viejo sofá rojo, y el se había sentado sobre una portentosa butaca barroca, en ese cuarto privado había colocado un trono para sentirse un soberano, donde nada ni nadie podría oponerse a lo que el dijera.

—¿La escucharon? ¿Qué se cree Félix? Estúpido, con su tonto «amor prestado». ¿Y a mí quien me prestó amor?, nadie, solo desprecio. Félix no comprende que yo soy la única, su reina, a mí es a quien debe obediencia, no a ese maldito güero —Mayito les decía a sus muñecas, se apostó en pie, se aproximó a ellas, las trataba como familia. Su mente se nubló, yendo al pasado. Mayito caminaba por el salón de una casa de familia acaudalada, habían cinco mujeres, todas vestidas con indumentaria de épocas pasadas. Mientras caminaba, las ve a cada una en diferentes cuadros hechos por talentosos pintores, esas mujeres conformaban su núcleo familiar real. El en realidad no se llamaba Mario La Puente, sino Mario Enrique Razón.

—¡Los augustos Razón! Mi abuelita Nora Razón, mi madre Emilse Razón, mis tías Maximina Razón y Chela Razón, y por aquí, mi madrastra Amelia Lucrecia Rio alto de Razón, y el ilustre macho, mi padre, el señor Emilio Candelario Lazo. Esta es la familia de la que fui exiliado, el apellido al que cambié por el de mi vecino, el amante que me hacía vibrar —relataba Mayito, las luces se encendieron y cada uno de esos individuos que él miraba solidificados se reanimaban, departían sin tener contacto con él.

—No quiero que nazca el hijo bastardo de ese hombre que te violó y tuvo la desfachatez de mancillar nuestros apellidos diciendo que te le ofreciste —mandaba la que fungía como la abuela Nora Razón.

—Sí, Emilse, avergonzará nuestros apelativos; la mejor decisión que puedes tomar es el aborto, imagina lo que dirán cuando se enteren que tendrás un hijo de un transgresor, mujeriego. Y eso es nada, el asunto es que nadie creerá en tu palabra por ser mujer, a él le creerán porque es un ilustre gallardo. Por desgracia somos mujeres, y nuestra palabra no vale ante los varones —refutaba la tía Maximina Razón.

—Además, nuestra religión no permite inmoralidades, no consiente que salgas embarazada sin un esposo y mucho menos antes del matrimonio. Nadie querrá tomarte como esposa, si al caso un proletariado, serás señalada como María Magdalena, quizás quieran apedrearte, aunque seas inocente, según tu —señalaba despectivamente la tía Chela.

—Lo voy a tener, no voy a profanar su vida, si su padre mancilló mi castidad, que sea el altísimo quien lo corone con justicia propia; bastante tengo con mis pesares como para no recibir consuelo de ustedes —les reprochaba la joven Emilse Razón.

—Entrégamelo, ya que por desventura he nacido infructuosa, siendo hijo natural de mi marido, no me importa que sea bastardo, como hijo propio lo haré pasar, todos creerán que de mis entrañas salió —sugería la joven madrastra, Amelia Lucrecia.

—Este niño no es mi hijo, su piel es delicada, es un amanerado, mancilla mis honores. Un hijo mío no debe ser rarito, desviado, sácalo de mi casa. ¡Vete! Olvida que nos conoces —a Mayito lo exiliaban por sus maneras femeninas, siendo solo un niño de nueve años. Todos habían vuelto a sus estados gélidos, Mayito, veía a cada uno de los que alguna vez fueron su familia.

—¡Fuera de nuestra familia! —escuchaba que le gritaban todos.

—Nuestra iglesia condena a la gente como tú —le decía la tía Chela al chiquillo.

—¡Los odio! —gritaba ferozmente el muchachito.

Con ese mismo resentimiento, Mayito retornaba de sus memorias, para seguir departiendo con las muñecas. Se aproximó a un estante, sujetó una cajita, contenía un muñeco.

—Mujeres de mi familia, ya les traje al que faltaba, al perro que me engendró y me echó de su casa como un animal sarnoso —les decía Mayito, nadie supo llenar ese vacío que su familia le causó con su desprecio y exilio.

Un nuevo día llegó, en el exterior de un café Félix se entrevistaba con su exnovio Alex, jamás pensó que este le abriría los ojos de quien era en realidad Mayito, su mundo daría un giro de trescientos sesenta grados.

—Tu traición me cambió por completo, quizás hasta puedo ser capaz de llamarla «bella traición», porque me liberó de estar con un ser tan falso. Cuando te vi con esa mujer me destruiste el mundo de un solo golpe; pero ahora me doy cuenta que tu traición me empujó para ser quien soy actualmente, me hizo más fuerte. No sé qué buscas hoy, pero, por favor no me mandes ramitos de flores, a mí no me conquistes, para ti las puertas y ventanas de mi alma se cerraron —desahogaba aquello que alguna vez quiso decirle a su ex.

—Te conocen como la *flor sin retoño*, la *flor del paraíso*, pero tú no eres eso que dices ser, tu eres la flor con mas pétalos y colores que en el mundo haya visto. Yo te conozco y puedo dar fe de que eres maravilloso. He visto retoñar tus hermosas hojas, florecer tus hermosos pétalos, con cada sonrisa, con talento, con cada momento que yo destruí.

—Alex, no piropees tan barato, tu oportunidad se fue a la fregada.

—No trato de enamorarte. Félix, no me conoces, ese es un problema entre la gente ahora, no se dan suficiente tiempo para conocerse y ya creen amarse. Y no vengo por amor, aparezco por tu perdón, y a decirte que te admiro. Me da gusto que seas recatado y famoso, siempre supe que serías grande. Leer te hizo bien, siempre amaba verte con un libro en cada una de las citas que tuvimos, ¿y sabes?, ya sé que trabajar ahí te ha dado fortuna y celebridad —la adulaba de una forma que hacía pensar a Félix que él había venido por interés monetario.

—Te quise mucho, pero la verdad no te amé. Y sobre mis riquezas, no es mucho, pero ya no vivo en las calles ni cuartitos sin cama propia, o pasando hambre. Y que quede claro: no fui tu pareja sino tu diversión.

—Eso duele, pero es merecido por el daño que te hice al mentirte.

—¿Qué daño?, aunque sea cruel, favor me hiciste engañándome, al final eras eso, un engaño, una prueba en mi vida. No eras malo, solo era nuestro destino.

—Nunca me conociste, pero quise decirte que soy bisexual y que una noche después de ser tuyo, estuve con alguien más.

—No te preocupes, me dolió la mentira, pero las cosas no pasan como uno quiere, sino como el creador lo designa. Hoy te puedo decir que encontré el verdadero amor; pero para mí todo es negativo porque... —permaneció Félix un poco desconsolado.

—¿Por qué?

—Llegué tarde a su vida. Qué mala suerte tengo para el amor, camino sobre espinas y piso terrenos prohibidos, me enamoré de un casado.

—¡Casado!

—Sí, yo solo soy la otra. Estoy negado para el amor —se menospreciaba Félix.

—No, no digas eso, mi bella flor, un hombre encontraras, es más, él llegará solo a ti. No busques, lo que es para ti llega cuando debe llegar.

—En tres noches es mi despedida del cabaret, huiré como huí de aquel lugar donde te perdí. Será la última ocasión que se me verá, iré a un lugar muy lejos, donde todo será paz y tranquilidad. Yo siempre huyendo, peregrinando por la vida —hablaba en tono apesadumbrado, Alex quiso confortarla.

—¿A dónde irás, Félix? No huyas más, hazle frente a tu vida, vayas a donde vayas, siempre huirás de la felicidad. Da tu batalla, ¿dónde esta esa Flor que me dio tremenda tunda cuando me burlé de su amigo Mayito? Por favor, para de sufrir y detente para afilar tus espinas y cuidar de ti.

—No, me iré. Don Fred es un hombre extravagante, en su cabaret sobrarán mujeres que quieran ser la Flor del Paraíso, incluso Mayito podría ser la nueva flor. Me marcharé lejos de él y su esposa, le aconsejé volver con ella, que fueran felices, sin importarme lo que yo sentía.

—¿Puedo ayudarte? —Alex estaba preocupado por la estela de pesadumbres en Félix.

—Sí, quiero le entregues este pequeño cofre —solicitaba Félix.

—Lo haré con una condición —dijo Alex.

—Dime.

—No confíes en Mario, por tu vida no lo hagas.

—¿Por qué? —de tristeza a intriga cambiaron las facciones de Félix, nadie nunca le había dicho semejante cosa contra el que llamaba hermano por aquerencia.

—¡Te odia! Esta enfermo de la cabeza, no te has dado cuenta porque no lo conoces bien, aunque has vivido con él por muchos años. Te lo juro, digo la verdad, por la memoria de mi mamacita linda, que en paz descanse. Escúchame, vives con tu enemigo, nadie te odia más que tu falso amigo, pregúntale por María o Maya. No sabes nada de Mario, mi niña, todos han notado su maldad, menos tú —Alex, tocaba algo de lo que Félix, no tenía ni la menor sospecha.

—¿Por qué lo acusas de mal amigo?

—Fue él quien me buscó para verte de nuevo, me regaló flores para enviártelas, desde que me contactó lo he seguido, lo he visto con la esposa del gringo. Ayer los seguí, fueron a espiar tu cita con Jim.

—No, no digas eso, por favor, solo eso me faltaría para destruirme. Ya no puedo más, ya no —Félix lloraba desconsolado, Alex le sujetaba las manos a medida se expresaba.

—No te miento, y no quiero verte triste, pero tampoco quiero que te hagan daño.

—Voy a tener cuidado, descubriré la verdad así tenga que matar mi alma de nuevo —aseveraba Félix, retando al destino, aunque este lo abofeteara como otras veces.

Mientras tanto, en la obscura habitación, Mayito estaba vestido de mujer junto a sus muñecas.

—A Félix y a Flor los amo, son la única familia que tengo, nadie me los quitará, ni Alex ni el gringo, ni príncipes ni reyes nos van a separar —hablaba como si fuese un loco—. Félix, no olvides que te saqué del basurero como saqué a cada una de nuestras tías —pero al decir tías, se refería a las muñecas—. Entiende, Félix, el amor solo hace daño —Mayito se levantó de la cama, se apostó en el piso, una vez había cargado con él a sus muñecas, a todas las dejó en el piso, solo sostuvo en brazos a su favorita, la geisha, a la que había nombrado Yulima.

Miraba a las demás con desdén, hablaba como si un cansancio se apoderara de su voz entre lloriqueos y arrebato.

—Ustedes y Félix son mi familia, cada una de ustedes representan a mi madre, mi abuela, mis tías y mi madrastra, quienes me despreciaron y me expulsaron de su ceno familiar. Ustedes son mi familia, porque ninguna me rechaza, me escuchan y no me reprochan, saben que no soy bueno y no me temen. Sí, Yulima, pronto seré como tú, una geisha.

Mas adentrada la tarde, la madre del gringo, Judith, y la mejor amiga de Jim y Krista El, visitaron el cabaret, que aún no estaba en horas laborales. Sin nadie sospecharlo, Mayito y Krista El espiaron la reunión desde el camerino de Mayito, que conectaba al de Félix, tenía agujeros que permitían la clara comunicación, desde allí fueron testigo de la reunión.

—Y dígame, ¿en qué les puedo ayudar? —se dirigía Felix hacia las mujeres.

—Soy la madre de Jim —Dijo la señora Judith, Félix no sabía cómo reaccionar.

—¿Qué hace usted aquí? Este no es lugar para una persona de ilustres apellidos.

—Ternura, descuida, charlen mientras yo me sirvo un traguito de amaretito —decía Griselda, que había visto la colección de bebidas en un estante, regalos que había recibido de sus pretendientes, todos rechazados, porque nadie en su corazón podía reemplazar a Jim. Griselda salió del camerino, reconoció el perfume de su amiga Krista El, pero pensó que era coincidencia.

—Mi hijo te ama, por eso estoy aquí —continuó la madre de Jim.

—Pero él es..., no puedo interponerme en un compromiso ajeno —decía Félix, entre palabras que no querían salir de él, pues le hacían daño. Judith, con el delicado roce de sus dedos, frotó las lagrimas del muchacho mientras le decía:

—Mira, yo no sé cómo decirlo, pero jamás pensé verme en esta situación de venir hablar con un hombre para que no haga sufrir a mi hijo. Como madre, desde que tuve en brazos a mi hijo pensé que continuaría mi linaje, pero lo acepté así, homosexual. Soy su madre, no podía darle la espalda, si lo amé tanto desde que lo tuve en mi vientre, no puedo dejarlo de amar solo porque no le gustan las mujeres. Me siento orgullosa de ser la madre de un hombre que acepta quién es y qué quiere, que sigue sus ideales, que posee honor y excelente moral. Sé que no ama a esa piernas calientes que tengo por nuera, sino a ti; me da lástima que por honor se quede con ella. Yo prefiero a mi hijo feliz, si pudiera negociar con esa piruja, lo haría, pero ella es el diablo. Cuida a mi hijo.

»El asunto es que ya fallé una vez con mi hijo, no lo apoyé y cometió un error que le costó caro, por desafiarme se casó con la domestica de mi casa, la que le había contratado como chef personal.

—La historia la conozco, y no la juzgo, cada cual cometió sus errores, ellos sabrán si se perdonan o no —respondía Félix.

—Admiro sus palabras, ahora dígame, ¿qué siente usted por mi hijo? Quiero irme de aquí sabiendo que valió la pena salir de mi morada —rebatía Judith.

—Váyase tranquila, para mí su hijo es amor, no le haría daño ni con el pensamiento —las palabras de Félix tranquilizaron a Judith.

—Eso me dice todo. Pasamos a retirarnos, ¡ah!, y de mi cuenta corre que mi hijo pronto será soltero, se divorciará de esa mala entraña —prometía Judith, desconociendo que la araña estuviese tan cerca de ellos.

—Nuestro momento será cuando el de arriba lo permita. Las acompaño a la salida, sirve que voy a comprar unas cositas —les decía Félix mientras abandonaban el camerino.

Krista El y Mayito reaccionaban a lo escuchado.

—¡Maldita vieja miserable! De mi cuenta también corre que seré soltera en un pestañeo —gruñçia Krista El, Mayito la miraba, era como verse reflejado en ella.

—¿Le darás el divorcio? —preguntó Mayito.

—Algo mejor —respondió Krista.

—¿Qué? —curioseaba Mayito.

—Pienso revestir mi exuberante cuerpo con una tela tersa, fina y digna de un momento luctuoso. Estoy pensando en cómo te sentirías al duplicar la fortuna que te ofrecí por asesinar a Flor, ahora por asesinarlos a ambos —sonreía la siniestra Krista El.

—Resolvería mi estado natural de pobreta —conjeturaba Mayito.

—Solo debes hacer un pequeñísimo movimiento con el dedo —lo orientaba.

—¿Qué?

—Jalar del gatillo.

—¿Gatillo? ¿Cómo un gato me haría rico?

—¡Ay, como eres tonto!, ¡el gatillo de una pistola para que lo mates! —ella perdió la paciencia

—¿A quién?

—¡A Flor! Ay, no me veas con cara de «yo no puedo», ¡apriétate las bolas que te cuelgan y hazlo! Tu dinero no te alcanza para pagar la cirugía de cambio de sexo que tanto deseas —Krista El señaló su entrepierna y después se retiró, dejando a Mayito pensando. Inés la había visto salir, se coló al camerino del muchacho, quien no podía concebir la idea de tener que asesinar a Félix. Cayó de rodillas a los pies de la viejecita, lo pensaba una y otra vez antes de verle a la cara, hasta que sus dedos arrugados acariciaron sus mejías, con la misma ternura con la que recorren las teclas de su piano.

—Matar a tu hermano por monedas, ¿en serio lo harías? —fue lo único que dijo la pianista, se marchó, lo dejó solo con su conciencia llena de tormentos y lagrimas.

—No puedo hacerle eso a mi flor —decía Mayito—. Ella es mía, mi luz, mi fe, mi única familia. Pero... ¿y si me falla?, ¿si me deja como lo hizo mi familia biológica? Entonces sí tendré que detenerla

Se tendió en el piso lloriqueando, indeciso por volverse un asesino.

Cuando la tarde se despedía, fuera del cabaret, Krista El hacia espera por Félix, con teléfono celular de Jim le había hecho creer que tendrían una cita. Félix iba bien arreglado y perfumado, pero el gringo nunca apareció, se habían citado a la esquina del cabaret.

—¿Dónde estará? —se preguntaba, sin saberse junto a la pareja de su amor prestado, esa que vestida de negro, portando una boina como la que solía usar el güero.

—Oh, él no vendrá —ella rompió el silencio—. Así que, es aquí donde te miras con mi marido.

—¿Su marido? —la cuestionó Félix.

—¡Soy la esposa de Jim, estúpida jota! Él es mío, querida, yo no presto un centavo, menos a mi marido.

Félix quiso huir, pero ella lo sostuvo del brazo y continuó:

—Eres una cosita insignificante, cuando fui hombre yo era más hermoso que tú, tú eres un remedo de hombre, ya no digamos de mujer. Mírate: escuálido, pálido, tienes ojos como los de él, pero nalgas como las mías jamás. El ama los buenos glúteos.

—Yo soy feliz como soy —rebatía Félix.

— ¡Cállate! Te miro y trato de cavilar qué vio en ti mi marido para enamorarse.

—Fidelidad, eso que usted no le supo dar por calenturienta. Y mire que yo me hacía llamar la Flor Sin Retoño; pero qué equivocada estaba, hay seres que de verdad están secos del alma, como usted —le dijo Félix, enfureciendo a Krista El, quien tan pronto como lo escuchó pretendió abofetearlo.

—Ni se le ocurra —Félix detuvo su brazo.

—¡Maldita indigente! No cabe duda que mi esposo perdió el juicio para haberse fijado en tremendo parásito, pobre y sin clase.

—No, él nunca tuvo buen juicio para a verse casado con semejante escoria.

—Escúchame bien, pedacito de nada, si no te alejas de mi marido, yo no te voy a cortar los pétalos, estrujaré tu vida por completo —advertía Krista El.

—Haga lo que le dé la gana, con permiso —Félix se marchó, de la nada apareció Mayito, quien en realidad había permanecido escondido en otra esquina.

—La maldita ama a ese güero, tengo que detenerlos, nadie me va a quitar a mi creación —mascullaba Mayito, mordiéndose los labios, en ese momento Krista El sacó una pistola de su bolso y se la entregó a Mario, aquella arma era tan pequeña que parecía de juguete; un juguete que le quitaría la vida a su flor y al gabacho.

—Este fue el regalo de bodas de un amante, me dijo que cuando estuviese harta de ser esposa y quisiera convertirme en viuda, la usara —comentaba Krista El—. Mátala, si no se irá con mi marido, y tú y yo nos quedaremos solos y pobres.

—A tu estúpido marido es al que voy a matar —refutaba Mayito.

—¡No! A él no, si lo matas te despellejo vivo y a tu florecita la quemo viva también. A Jim le tengo preparado un final más doloroso, quiero que sea infeliz en mi cama, que siga envejeciendo con amargura por no haber sido de ese *florecito*.

—Más te vale que me pagues por acabar con la mitad de mi vida, porque lo que te daré es la mitad de mi corazón, eso es flor —le decía Mayito a Krista El.

—Mátala y te aseguro fortuna infinita, ahora larguémonos de aquí —concluía Krista El.

—Tú ganas, en un par de noches la flor de mi vida morirá —añadía Mayito, mirando aquella pistola con temor.

Aún el sol no terminaba de irse, el día parecía ser más largo de que de costumbre para Félix, donde todos querían convivir con él, así que acudió a una cita imprevista con Jim. Ese día había ocultado varios sentimientos, esperaba al menos finalizarlo con algo tranquilo. Fue sorprendido con una exquisita cena con una receta de la cocina nórdica, suave y deliciosa crema preparada a base de salmón, que contenía trocillos de tocino, puerros en rodaja, apio, patatas en cubitos, caldo de pollo, sal, pimienta negra, hojas de laurel y tomillo, aceite de oliva, filete de salmón cortado en cubitos con cebolla. ¿Cómo no conquistar el amor aun más con detalles así? Comieron tarta de caramelo, la favorita de los dos, por un momento se olvidaron de todo y de todos, solo existían ellos dos. A la media noche abandonaron el lugar, y en plena queda, la oscuridad los escondía del mundo. Jim, tan feliz, lo cargaba entre sus fuertes brazos, lucían felices. Un par de tragos del vino favorito de cada uno los puso más alegres, Félix llevó el vino favorito de Jim: Château Pétrus, aunque el prefería vino blanco o el Chardonnay. Estaban un poco pasados de copas, bailaron bajo la oscura noche donde la misma luna los abandonó, solo se percibía la silueta de sus cuerpos, sus risas y el sonido de sus besos. De momento Félix entristeció, el galantemente le decía:

—¿Por qué se halla ausente la flor del paraíso de mi vida?

—Porque me gustaría ser para ti más que horas prestadas. Lo peor es que parece que acepté el juego de ser el que recibe las sobras —finalmente Félix se reconocía siendo la opción de placer para Jim, aun cuando no habían tenido sexo ni besos apasionados.

—Félix, yo soy claro como siempre, estoy en una relación, no te he ofrecido amor, sexo ni nada, porque no puedo. Sin embargo, entre tú y yo hay algo mágico.

—¿Y si nunca estamos juntos? —lo cuestionaba Félix—. Aún así te amaré como hoy, hasta mi último aliento.

—Ya no digas más. No puedo decir que te amo, por más que lo desee, sería como alimentar ilusiones, darte alas para extender el sufrimiento que cargas por amarme sin si quiera escuchar la misma respuesta de mi —decía Jim, quien, en un inesperado arrebato besó en su frente al muchacho, que solo deseaba fijar sus labios con los suyos. Félix sabía que un beso en la frente solo era signo de amistad, sabia que nunca tendría ese beso de amor.

Una mujer irrumpió en el cuarto privado de Mayito, su rostro estaba cubierto por un velo, en su mano portaba una flor. Cerca había un cuadro sobre un trípode y cubierto con un lienzo, y una pistola reposaba entre las muñecas.

—Largos años cultivando una flor que rescaté de la basura, al fin abrió sus pétalos mi creación —aquella mujer en realidad era Mayito—, la flor que yo planté mostrará sus mejores colores esta noche. Será la única flor que de noche brinde sus bellos colores, Félix. Dices ser una flor sin retoño, pero solo te engañas, querida mía; estas deseoso de ser amado. Pero sobre mi cadáver te irás con alguien, tú te quedas donde yo esté, siempre.

Capítulo 10
El verdadero Mayito a los ojos de Félix

Al siguiente día Félix, aconsejado por Alex, entró a la habitación privada de Mayito se hallaba en su secreta habitación, ahí se encontró con la espantosa realidad. Se detuvo frente a un pizarrón lleno de retratos de él, desde que era niño hasta la actualidad, cada imagen era como un pétalo, Mayito los había clasificado por año. El muchacho tenía mucho talento como retratista más que de bailarín, el cuadro del trípode seguía cubierto. Félix no había visto a Mayito, quien se hallaba oculto con su muñeca geisha en brazos, mordiéndose las uñas por los nervios, los dos estaban exhortos, uno por el perturbador descubrimiento, el otro porque finalmente su secreto veía la luz. Mario ansiaba que Félix no fuera tan bruto y se apresurara en descubrir su idolatría por la flor del paraíso, cuando Félix se dejó caer de rodillas, de su escondite salió Mayito, vestido exactamente como la muñeca geisha que un día encontró en la basura bajo un puente, la atesoraba porque sintió que habían hecho lo mismo con él.

—Félix, no llores, por favor. No quiero una flor triste, ¿te acuerdas cuando éramos niños y manejabas una bicicleta mugrosa y me montabas?, la encontramos en la basura, la reparamos, nos reíamos, éramos tan felices. Desde que te conocí te prometí que te haría una estrella, confié en tu talento, nos tuvimos el uno al otro, fuimos solo dos mugrosos callejeros. Recuerdo que los chicos te temían, cuando se burlaban de mí tú los golpeabas y me defendías, y cuando un chico te gustaba y te invitaba a bailar, yo te hacía tu ropita, te enseñaba a bailar. Bailábamos juntos como lo hacemos en el cabaret.

»Recuerdo el día que vimos las estrellas en el techo de la casa de doña Pasita, te prometí que un día brillarías como la estrella más briosa sobre el firmamento, y ahora lo eres. Flor, no me enojes, no hagas que tu pasado regrese; no quiero ver el color rojo tiñendo tu vida, porque me voy a enamorar de ese color y no descansaré hasta profanar mis manos. Aléjate de ese maldito gringo, ¡no me dejes solo!

Félix no sabía cómo reaccionar, temía que esa locura lo dejase sin vida, no obstante, afrontaba a Mayito.

—¡Ya lo trajiste! Trajiste devuelta a Alex, me humillaste, le compraste flores para que me las mandara en su nombre.

—¿Alex?, ¿el joto que dice que es bisexual?, esa cosa no me importa, Félix, escúchame por favor, no me hagas enojar. No consigas que apague lo que un día tuviste disipado: tu hermoso semblante de flor radiante, puedo hacer que tus preciosos pétalos se decoloren y que la pobre florecita muera por falta de riego.

—Hace mucho que estoy muerto por dentro, ¿que más puedes matar de mí? —le contestaba Félix, sin lloriqueos, mas con sentidos de lamentación—. ¿Qué más puedes cortarle a una flor que perdió todas sus hojas y pétalos de felicidad? Ya no, Mario, ya no hay vida en Flor, ya se acabó —los lamentos de Félix parecían tocar lo más profundo del corazón de Mayito, sus miedos no le permitían ver con claridad lo nocivo que se comportaba.

—Mi bella flor, ¿sabes lo que le pasa a las flores cuando se les deja de regar y protegerlas de las plagas? ¡Se mueren, querida!

—¿Me amenazas, Mayito?

—No, para nada, florecita de colores inexpresivos. Entonces, ¿es cierto que abandonas el cabaret?, ¿vas a dejar los escenarios? ¿Tan mala plaga ha sido el gringuito ese? ¡Maldito! ¡Debería de matarlo! Más de dos años para hacerte sentir bien, y él te desploma y hace que lo ames. Te usa, tu amor no es reciproco.

—Así es, dejo lo que más amo, el cabaret —replicaba Félix.

—Los idiotas tienen poder, y ese güero infeliz es uno de ellos, te saca de lo que más amas sin darte nada a cambio. Huyes como le huiste al idiota de Alex, ya no le huyas al destino, enfréntalo. Maldito gabacho, en mala hora vino a este lugar para que de él te enamoraras como una cabrona imbécil. Y tú muy insulsa, ingenua, tontuela, abres tu corazón como la flor abre sus pétalos y regala su belleza a los injustos humanos.

—¿Qué te pasa, Mario? No eres a quien conocí, ¿en qué momento te cegaste de rabia y celos? Quiero a mi hermano, quiero a mi Mayito, pero tú eres un demonio desquiciado. Ni si quiera eres Mario La Puente, ¿cómo te llamas en realidad? —suplicaba Félix por ver la mentira que era el amigo que tuvo hasta hacía pocos minutos.

—¡Malditos!, todos los hombres se acercan a ti, cortan tus espinas y te vuelven frágil, yo solo quiero protegerte, no quiero que ningún hombre te aparte de mí —Mayito revelaba sus verdades.

—Por Dios, piedad —imploraba Félix ante la locura de Mayito. En este momento, Mayito se transformó, hasta sus ademanes dejaron de ser afeminados, jamás se le escuchó tan masculino como en este arrebato de ira.

—Te he estado esperando, sabía que vendrías. Hora de revelar el cuadro, eres tú, mira cuan bello te hice, soy tu creador, ¡tu dios! ¿Te acuerdas cuando eras el chico del barrio pobre, en una mugrosa bicicleta?, yo te hice una joya de lujo, digna de lucirse.

—¿Qué significa esta locura? —Lloró asustado el joven Félix, y Mayito le respondía como si nada:

—Un mural de mi creación, llamada *La Flor del Paraíso*, la flor a la que hice retoñar, la que yo regué y devolví la vida y color en sus pétalos. Qué desdichada vida te tocó, ¿no crees, amiguita? Un novio traidor, ahora le das oportunidad al corazón y te enamoras de un gabacho casado, pasas de ser única a ser plato de segunda mesa, pasas días enteros escribiendo tontas cartas que ese gringo imbécil jamás leerá. Y para cerrar con broche de oro, estás más sola que un perro; porque el perro al menos tiene pulgas y, tú ni piojos, porque yo te los quité, y yo soy tu único amigo.

—¡Eres un parásito! Prefiero estar más solo que un perro que tener a un oportunista viviendo a costa mía. Te vas de mi casa, porque esta es mi casa, esta es mi vida y la respetas —jamás Mayito se esperó drásticas reacciones de Félix—. Por último, pedazo de estiércol, Flor sigue peleando con puños de hombre, tienes veinticuatro horas para largarte o te saco a golpes. Y no te confundas, tú no eres mi creador, a mi me creó Dios.

—¡Yo te hice! ¡Perra mal agradecida! —gritaba Mayito con excedido frenesí, se dejó caer de rodillas frente a él, lo reverenciaba como si fuera un ídolo—. Adoro cada una de tus espinas, cada uno de tus pétalos.

Félix lo abofeteó tan fuerte que Mayito cayó al piso, se arrastró a sus pies, aun llamándolo su idolatrada creación.

—¡Estás enfermo! —le decía Félix.

Mayito se puso de rodillas, le habló al cuadro, pintado con la mitad del rostro de flor y la mitad de Félix, en medio de ambas caras había un jardín de flores retoñando. Mayito pudo ser un gran pintor, pero le faltó el apoyo de su familia, y sobre todo amor propio.

—Eres todo lo que yo soñé ser, yo solo quise ser *La Flor del Paraíso* —seguía vertiendo odio, lloraba colérico y celoso—, a la que todos aclamarían noche a noche en el cabaret, eres todo lo que amo y odio a la vez.

Félix abandonó la estancia, Mayito seguía postrado llorando ante el cuadro, que representaba lo que Félix era y lo que él quiso ser y no pudo. Más tarde, Mayito se encontró con Alex a las afueras de la cafetería más cercana al cabaret: Coffee Beans.

—¿Qué quieres? Tú no invitas té sin interés —increpaba Mayito.

—¡Uy, que genio! ¿Al fin descubrieron a la verdadera plaga que ha estado chupando los pétalos de la flor? —le respondía Alex.

—¡Idiota! ¡Mitad de hombre!

—¿Dónde quedó el buen Mayito? Qué falta de sentido del humor tienes, *amargueitor*.

—¡Estúpido indio sin educación! ¡Maldita sea Flor! La muy infeliz se atrevió a decepcionarme, dejó que el gringo se robara su corazón, y hoy la muy idiota huye del cabaret, como cuando tú la traicionaste. Por cierto, papito, no eres gran cosa de lo que se perdió. Siempre he dicho que mi flor es demasiado estúpida, no sabe escoger hombres —Mayito, quiso irse.

—¡Siéntate! Aún no terminamos — Alex, lo sentó de un jalón—. Ya va siendo tiempo de que le aclares a Félix muchas cosas, dile la clase aguijón que eres, Mayita la venenosita.

—¿Como te atreves? ¡Insolente desdichado!

—Mario, ya no más, ya no le hagas daño, ya le robaste mucho, ya viviste de él, lo explotaste, sacaste provecho de su belleza y de sus dones. Eres solo un vividor. Cuando sepa que le robas te mandará a prisión. No puedo entender cómo alguien le puede hacer daño a su única amistad, a quien es como su hermano —le decía Alex, señalando los daños y perjuicios que Mayito.

—Yo no le hago daño, lo cuido de plagas como tú y ese gringo infeliz, es lo que son tú y ese perro, un par de pulgas, gusanos destructores. Además, la amistad no existe, el amor menos. De moda esta ir de cama en cama, aventando el calzón por todos lados. La gente de hoy dice «hazlo con quien quieras, la vida es una», y todos se prostituyen de esa forma, excusándose de que la vida es solo una. ¿Para que seguir creyendo en el amor y la amistad, si son un invento comercial?

—Querido Mayito, la amistad pura sabe de placeres que nunca podrán gozar las almas mediocres como la tuya. Por eso no crees en el amor, porque lo ves como placer comercial —señalaba Alex—. ¿Sabes?, cuando te conocí reconocí la envidia y la locura en tu cara.

—Yo le vi la cara a la muerte, y sobre su mano un revolver con un par de balas; entre ellas estaba una con tu nombre.

—¡Vuelves a amenazarme!

—No, jamás, yo sólo actúo. Chao, muñequito, me voy —Mayito se disponía a marcharse, cuando estuvo de espaldas le causaron intriga las palabras de Alex.

—Te vi con la pareja del gringo.

—¿Me espías? Podría denunciarte por eso.

—Hazlo y te hundo conmigo, lo único que hago es proteger a Félix

—O sea de ti mismo —se carcajeó Mayito por lo comentado.

—Lo protejo hasta con mi propia vida.

—Primero lo traicionas y ahora regresas con deseos de volverte su protector, ¿cómo se te ocurre tal cosa?

—Mario...

—¡Maya! —abrió sus enormes ojos que parecían dos huevos.

—¿Maya?

—¡Para ti, María! ¡Para el cabaret soy la flor maya! Esta noche *Maya: El Show* vuelve, ¿te acuerdas de esa hermosa mujer?

—Hueles a pólvora —Alex presentía que Mayito tenía todo preparado para asesinar a Félix.

—Y tú hueles a cuerpo descompuesto.

—Eres pura maldad.

—Alex, yo soy incapaz, soy inocente de todo hasta que se demuestre lo contrario.

—Si le intentas quitar un solo pétalo a Félix, seré yo quien huela a pólvora luego de matarte.

—Ay, me conmueves, ternurita. Todos quieren con la flor sin retoño, muchos protectores le han salido a mi creación, la flor del paraíso, la flor que recogí del desierto en el que vivía.

Las plagas ahora quieren volverse protectoras de su comida.
Cuando ella era una zozobra, la despreciaste por alguien más,
¿o se olvidó? —atacaba Mayito, su argumento era de peso—. Te
invito al cabaret esta noche, haré lo que más te gusta, te regalaré
la entrada en asiento frontal, para que lo veas en primera fila.
Disfrutarás el gran final de mi hermosa creación; la flor del
desierto morirá, y la flor maya nacerá, mis pétalos se abrirán
con los mejores colores.

—Te voy a estar observando a cada paso que des, si haces
algo contra Félix apagare tu ambarino sol, para que nunca
hagas fotosíntesis.

—No juegues al héroe, podrías sacrificarte en balde. El
show de esta noche será inolvidable, quedará en la memoria de
los presentes en el cabaret, de mi cuenta eso corre —Mayito
extendía sus amenazas.

—¿Por qué lo odias? ¿Por qué le quitabas cada
pretendiente que se le acercaba?. Tú si vives de las sombras de
esa pobre alma, quieres ser él, pero no puedes, plagio de mujer,
¿o la amas en secreto?

—Yo no tengo por qué darte más explicaciones —lo evadió
Mayito.

—¿Cuánto te pagaron para traicionarlo? Vas a atentar
contra el único ser que te ama sin límites, tu amigo, tu
hermano.

—Me pagaron mucho.

—Cuidado, Mayito, ya pisé los reclusorios por cortar
cuellos. No te metas con Flor, porque no me temblará el pulso
para cortar tu cabeza.

—No puedo negar que me excita lo que dices, te sientes muy hombre; pero a la hora de la hora, eres más mujer que mi madre —Mario se marchó furioso.

La tragedia ya alumbraba la vida de Félix, quizás moriría mucho antes de que los rayos del nuevo sol lo tocaran.

Capítulo 11
La tragedia y el giro que da la vida de Félix

En Cabaret El Paraíso, Félix se encontraba en su camerino y sollozaba. Mayito solía ir a verlo antes de cada presentación, esa ocasión no fue la excepción, pero no sería igual.

—¿Por qué no llamas a la puerta, antes de entrar? —lo cuestionaba Félix, mientras se aderezaba para su interpretación como la *Flor del Paraíso*.

—Perdón, amigo —respondía Mayito, cabizbajo, ambos sintieron nostalgia y deseos de llorar, de pedirse perdón; pero no lo hicieron.

—¿Amigo? No, Mario, nuestra amistad llegó a su fin —zanjó Félix—, para no ser tan ruin de mi parte, te regalo mi casa, porque soy yo quien abandona la ciudad y el país. En nombre de la hermandad que por ti siento, te concedo ese bien material. Ya lo sé todo, revisé las cuentas, has dilapidado mi fortuna, esa que conseguí con trabajo duro. Era nuestro plan de vida ahorrar y comprar otra casa, mejor que esta. Punto y final para nosotros, no me interesa hablar más, ya hiciste tu daño, ahora vete.

A través del espejo se figuraba el rencor en el rostro de Mayito, sin que Félix le prestase menor atención.

—Igual que tú, llegaste a tu fin —Mayito dijo entre dientes.

—¿Qué dijiste?

—Que eres muy generoso —respondió la interrogante.

—¿Qué te hice? ¿Qué te arrebaté? ¿Por qué el odio si yo siempre te vi como mi hermano? Crecimos tomados de las manos —argumentaba Félix.

—¡Todo lo acaparas! ¡Tu rostro es de felicidad! ¡El mío es de frustración! Los aplausos, las adulaciones son para ti; pero mi esfuerzo en sacar todo tu talento nunca nadie lo vio, no recibió ni las gracias. Mi show es de quinta, me ven como remedo de mujer. A ti hasta el diablo te aclama, y a mí, nada.

—¡Eso se llama envidia! Y es un cáncer que quema toda tu bondad, que mal que ya quemó de ti todo lo bueno que fuiste. Lamento no haberme enterado antes, para poder contrarrestar ese nódulo emocional. Me tienes coraje, celos y envidia, pero no veo de qué, si yo no soy la octava maravilla del mundo, tengo un bello aspecto físico, pero un alma vacía. Mi felicidad era tu amistad —lagrimas se escapaban de las mejillas en Mayito.

—Mientes, tu felicidad era ese maldito gringo que te fue consumiendo; pero yo nunca fui nada en tu vida.

—Yo te amo como mi hermano, y a él lo amo porque es mi complemento, tú solo eres mi hermano y amigo —replicaba Félix.

—¡Tu creador!

—No.

—Fui yo quien te hizo, y yo te voy a destruir, antes de que ese gringo maldito destruya lo que es mío. Lo que me duele es que eres igual que todas, una perra malagradecida; muerdes la mano de tu creador. ¡Todas son iguales! Ven dos luces y ya se creen las estrellitas sobre el firmamento de Hollywood. ¡Estúpidas!

—Me dejas perplejo con tanto rencor —decía Félix.

—Llegó la hora de que sepas quién es la reina de este paraíso, en unos minutos todo habrá llegado a su fin, y tu serás feliz con tu maldito gringo —Félix captaba las amenazas de Mayito, ese que seguía alargado sus ponzoñosos deseos—. Pero no llores, los dejaré juntos hasta que la muerte los separé o los junte. No sé si será Dios o el diablo quien celebrará el matrimonio de ustedes dos —rio a diestra y siniestra, abandonó el camerino, Félix temblaba.

En la entrada principal al cabaret, Alex y Krista El tuvieron un áspero encuentro.

—¡Señora! —voceaba Alex, pretendiendo que Krista El le respondiera.

—¿Me hablas a mí? ¿Quién eres tú? —cuestiona al joven Alex justo cuando llegaba Griselda, y se escondió para escucharlos detrás de una planta artificial.

—Eso no importa eso —respondió Alex.

— ¿Entonces qué diablos quieres de mí?

—¿Qué le van hacer a Félix?

—¿Qué?

—Vamos, señora, no se haga la boba.

—¿Quién es ese Félix?

—¡No se haga la ignorante! Sabe de quién hablo.

—No lo conozco.

—Escúcheme, soy un ex convicto, tenga cuidado, no le ponga un solo dedo a Félix, usted bien que sabe que él y su marido no son amantes; pero están enamorados —esa verdad fue la que encrespó a Krista El, que hasta su elegante sombrero casi lo tira de un manotazo.

—Él solo es estrella de una noche, y como todas las estrellas su brillo se acaba en una noche. Esa vestida no es rival para mí, soy una dama, y él, como le llaman, la *floresuela* del paraíso. Debió huir antes de obligarme a tomar cartas en el asunto, pude no tomar decisiones drásticas, esto no debería haber pasado si ese infeliz no se entrometiera entre mi marido y yo. En fin, solo he venido por mi marido, que al parecer mandó comprar toda una cuadra de flores y para revestir el escenario del cabaret; parecen ser flores de luna, porque brillan, viven y aromatizan de noche. Sin embargo, también mueren al caer el primer halo de sol —Alex ya no tenía dudas, los enamorados estaban en peligro.

—Ah, ya ve que sí sabía de Félix.

—Lo mío lo cuido hasta con los dientes, si debo bañarme en sangre no me importa. Mi cuchillo sabe desojar muy bien cada espina, cada hoja, cada pétalo, hasta llegar a las raíces.

—Sé que confabuló con Mario para atentar contra Félix. Se lo suplico, déjelo en paz, esta noche se marcha del cabaret, de la ciudad y del país, lo llevaré yo mismo al aeropuerto de Los Ángeles —pedía Alex por la vida de Félix.

—Mi marido dice que cuando lo traicionan la confianza se quiebra, y él no confía en mí, así que la única forma de evitar que él y esa cosa se junten, es asegurarme de que muera. Y no conozco a ningún Mario.

—¿No será que usted empieza con achaques de edad, como alzhéimer? —la afrontaba Alex burlándose.

—¡Gusano maldito! —ella se marchó, y dándose por asegurada, Griselda salió de su escondite y se dirigió al joven.

—¿Qué planean hacer el amigo de Félix y mi amiga contra ese muchacho? —cuestionó Griselda.

—No lo sé, pero temo por la vida de Félix —le respondía Alex, en quien el temor se reflejaba profusamente—. Hay que infiltrar policías en el cabaret para esta noche, solo así evitaremos lo que preparan contra Félix.

Entre tanto, en los pasillos del cabaret, Félix transitaba rumbo al tocador pero la voz de su antiguo amigo la distrajo.

—¡Félix! —llamó Mayito.

—¿Qué ocurre, amig.... —Felix cortó aquella palabra que un día fue un lazo defendido por afecto—. Mario.

—Cambio de planes, Keyla entra al escenario primero, tú y yo tenemos que hablar, nos debemos esa charla, por muy corta que sea, seré muy breve —le informaba, sabiendo que ya tenía en plan entre manos contra Félix.

—Te escucho —respondió Félix.

—Tú ganas, florecita, ya no seré tu amigo. Sécate esa falsa lágrima, a mi no me compras con lágrimas de cocodrilo.

—Mandé a hacer un vestuario único para mi despedida del cabaret, celebraré que finalmente soy libre de ti.

—Anda, ve y vístete, tu glorioso público te espera para vitorear tu gran final. Y no te preocupes, yo también luciré imponente para nuestro final.

—Mayito, si vas a atentar contra mi vida, quiero que sepas que siempre te quise y te querré como mi hermanito. Confié a ciegas en ti, puse en tus manos el dinero que ganaba trabajando por muchos años, todo este tiempo me robaste, tengo las pruebas suficientes para mandarte a la cárcel. No me duele, porque eres mi hermano, eres mi única familia y lo serás por toda la vida. Tientes o no contra mí, yo no le temo a la muerte, a donde desees matarme ahí estaré y no me defenderé.

—¡Eres tan dramática! —se burlaba de las afectuosas palabras de Félix.

—Que mala suerte tuve en la vida, amores no correspondidos, amar a un hombre que jamás me ha dicho un te amo, el gabacho para mí es un amor platónico, mi vida ha sido calles, falta de abrigo, hambre, soledad, vacío, falsos amigos. ¿Cuál es mi karma? ¿A quién tanto daño le pude haber hecho sin saberlo? ¿Cuál es mi pecado? —se cuestionaba y reprochaba, queriendo saber por qué le iba tan mal en su vida.

—Flor, desdichada Flor, naciste entre la mala hierba, creciste entre las hiedras venenosas y las piedras, viviste siempre amando erróneamente, desde un principio te lo anuncié: «no ames, no te enamores», no me creíste, eras una estúpida soñadora. Tu hombre amado es casado, y por ti a su esposa no dejaría, te puede prometer noches de sexo; pero no de amor, puede prometerte todo hasta conseguirte; pero siempre te darás cuenta que, como todos, sus promesas fueron de políticos. Nunca te ha dicho que te ama, solo te martiriza, si te amara se alejaría, o lo dejaría todo por venir a ti —muy cruel parecía Mayito, en su locura decía irrefutables verdades—. Mi reina, tú eres su diversión pasajera, ¿querías ser un pasaje nada más?

—Eso yo lo sé, fui tonto, pero se acabó. Yo no soy opción, no soy el otro, no soy el número dos, yo soy un ser humano, un hombre valiente. Que si quiero acostarme con un hombre, lo haré, si quiero acostarme con una mujer, lo haré porque soy libre. Merezco un lugar propio y no un amor prestado, no el lugar del amante. No quiero seguir escribiéndole cartas de amor, por más que lo ame, me quedaré seguro de que su perfume queda grabado en mi memoria, en las letras que atesoro en el libro de mi andar, ese que escribiré para jamás olvidarlo. Yo le dije que volviera con su esposa, que allá estaba su corazón, ahí debía estar también su cuerpo —como puñaladas a su corazón eran aquellas expresiones que exponía Félix, de lo cual Mayito no sentía la menor afección.

—El hombre que te merezca no te hará derramar esas lágrimas. Eres tan bello que por eso soy tan celoso de ti, esa es mi flor, no la flor de cualquiera —Mayito intentó abrazarlo pero Félix lo esquivó.

—No, Mario, ya la amistad me ultrajo, ya el amor me desilusionó, estoy herido de cuerpo y alma. No tengo vida alguna, soy solo un profundo vacío, tristeza, lágrimas, no más que eso. Tú y todos han contribuido para destruirme.

—Sigues en tu posee de *drama queen*, víctima del año. El único culpable eres tú, por ser permisivo, le diste consentimiento a todos para que te dejaran como animalito miedoso, con miedo de amar, miedo a relacionarte con más gente y tantas cosas que podría enumerarte.

Félix, se fue corriendo, no admitía que Mario le decía la verdad. En su la loca carrera Mayito no lo persiguió, tomó el camino contrario. Félix, al llegar a una esquina del escenario, se dejó desquebrajar, cayendo de rodillas lloraba, de camino se aproximaba la anciana Inés, encontró al chico menospreciándose.

—Florecilla, nada de lo que dijiste es cierto, tú vales mucho, eres una flor que cualquiera desea en su jardín, eres un noble ser humano. No creas que el dolor no pasa, si pasa, hija, deja de sufrir, no te aferres a los pensamientos negativos que se enamoran de tu mente y te hacen vivir deprimida. Mi reina, el eclipse dura tres minutos, no todo el día, cambia, vive, que no te importe nada más que tu vida. Es más, si quieres no concedas tu número musical, vete ahora mismo, márchate, se libre cual avecilla por los aires. Tienes tiempo, alza el vuelo, grita de felicidad y libertad —le decía Inés, hablándole con esos aires contemplativos.

—Pero, ¿por qué me hacen daño?

—Tú lo permites, no seas permisivo, no le des oportunidad a la gente de hacerte sufrir, y el amor gózalo, no lo sufras, vívelo intensamente, así sean tres simples segundos robados, para ti serán gloriosos, porque los viviste por amor, amor que visitó tu ser y vistió tu cuerpo y alma de pies a cabeza, de adentro hacia fuera con felicidad —Inés abrazó a Félix, tras aquel intercambio de afectos, la señora, por su don, interpretó malos presagios para él.

—¿Por qué me ve así? —le preguntó Félix, mirando como la vista de la señora no salía de su asombro, y es que Inés escuchó el sonido de disparos, vio sangre derramada sobre el escenario, dos cadáveres, pero no con claridad.

—¡Vete, Félix! Aún hay tiempo, vete ahora, antes de que el mal te destruya por completo.

—Van a matarme —al escucharlo de boca del muchacho, la anciana, sorprendida, lo interrogó:

—¿Cómo lo sabes?

—Escuché a Mario conversar por teléfono con la pareja de Jim.

—¿Y no vas a huir?

—No, si me toca morir, moriré —lo decía con resignación.

—Cuánto dolor llevas dentro de ti —le dijo afligida, mientras lo abrazaba. En un pasillo del cabaret, de esos que conectaban a los camerinos, Krista El caminaba, veía todo revestido de flores, era un escenario espectacular, como si algún enamorado estuviese listo para pedir matrimonio. En un florero colocó la pistola, Mayito estaba con ella.

—Ahí queda el arma —indicaba Krista El.

—Perfecto. No la vuelvas a tocar, podrían verte —advertía Mayito.

—Mata a la vestida, no a mi marido.

—Querida, lo sé.

—Desde este extremo derecho es más fácil matarla, cuando cruce, vuelves a dejar el arma aquí para sacarla de inmediato, porque esto se pondrá color de hormiga. Caerán policías, ambulancias, paramédicos, bomberos. Tremendo alboroto —indicaba Krista El.

—Bien —masculló Mayito, no importándole las indicaciones.

—No deberías estar tomando licor.

—No voy a matar a cualquiera, mataré a mi hermano, debo relajarme —replicó Mayito, lucía un poco más raro que otras veces, frívolo y apagado a la vez.

—No vayas a fallar —susurro y ambos se separaron, Mayito iba a su camerino, a otro extremo, Keyla se detuvo para reconocer a Krista El, se acercó mas, la vio consumir un trago, la escuchó articular pensamientos en voz alta.

—Creo que huele a muerte —expresó Krista El, sabiéndose escuchada por una de las amigas de Félix.

—¿Perdón?

—Pensaba en alto —le dijo a Keyla. Cada una cogió camino por rumbos distintos.

Esa noche tenía un brillo diferente, inclusive la anciana Inés se engalanó, cambió su forma de vestir y aderezarse, su cabello lo había cubierto con una peluca de cabello corto castaño mezclado con el rubio; era ideal para la piel blanca de la señora, muy conservada para tener casi ochenta años. Portaba un sofisticado vestido de coctel de R & M Richards, con el cual personificaba la elegancia de la anoche, con una capa de brillantes lentejuelas que se desplegaba hacia un lado, la capa lucia superpuesta asimétrica, el escote era redondo, silueta de vaina, longitud corta, así lucia la hermosa pianista. Como era costumbre, la señora se dirigió a su amado piano, que estaba bajo la blanca luz del reflector. Inés caminaba pausadamente, apoyada al mango de su bastón, que tenía la cabeza de un águila cromada azul, con eje de madera de fresno azul denim y cuello plateado. Sus pasos hacían eco en el cabaret, como si de las manecillas del reloj se tratasen sus veredas. El bastón simbolizaba y reflejaba su vida llena de experiencia, sabiduría y firmeza; pero humilde y franca, directa, de semblante serio y ligera sonrisa en sus labios dirigida al piano, que había sido un amor, más que eso, un hijo. Inés, allá por 1940, había sido un éxito como pianista, pero a finales de los sesenta, su vida dio un vuelco, pues su esposo e hijo fallecieron en un trágico accidente de tránsito. Había aferrado su vida al piano, el ultimo obsequio de su marido, el mismo que noche a noche la mantenía viva en ese cabaret, propiedad de su hermano en sociedad con ella. Para esa noche, Inés había optado por darle una oportunidad a la vida, volvió a sonreírle, sus platicas con Félix habían demostrado que no había que tenerle miedo a la vida, sino vivirla con sus placeres y desventuras.

Cuando llegó al piano sacó de su bolsillo un pañuelo negro, lo pasó sobre la superficie de este, mientras lo saluda co cariño, como si de un antiguo amigo se tratara. Su voz era calmada, compasiva y un poco misteriosa. Después de saludar a su viejo amante, depositó una flor sobre este, justo arriba del teclado. Tomó asiento en el banquillo y levantó la tapa del teclado, fue vitoreada al primer sonido sobre las teclas, comenzó a tocar una de sus melodías favoritas, sorprendió a los comensales con su extraordinaria voz interprendo a Rameau, Operatriste Apprets. La noche se sentía pesada, saturada de tristeza, el sonido de su voz llegaba a todos los rincones del cabaret, conmovía a todos, era el final de una era y el comienzo de algo interminable.

En el camerino, Félix se vistió de azul, minutos más tarde, las luces apagándose privaban a los comensales de presenciar la aparición de la Flor del Paraíso. Las luces se encendieron, dos hileras de bailarines esperaban, arrodillados a la entrada del escenario, con una flor en sus bocas. De lejos se percibía la silueta de una mujer luciendo un vestido azul diáfano, con brillo nocturno, lentejuelas a lo largo, exportado de Dubái, de colección árabe, Abendkleider. Flor subía al escenario, pese a que lucía radiante, mucho más que otras noches, la tristeza no se podía esconder bajo su maquillaje. Flor supo que si Krista El se hallaba en primera fila, era porque nada grato estaba por sobrevenir. Se hizo la música y el baile, con una canción llamada *Querer* de Francesca Gagnon. Keyla, lucía un atuendo similar al de Flor, un vestido purpura con diamantes de sexy imitación, con abertura alta y con plumas, también era importado, pues había sido el señor Fred quien se los había obsequiado.

Por otro lado, mientras la música y el baile celebran la vida de Flor y el amor, Mayito en su camerino se vistió de mujer, así, se maquillaba y preparaba para encarnar un rol con el que planeaba asesinar. Tomó una esponja para la nuca, le puso pre-base, sus gestos y acciones delataron sus nervios, sus manos temblaban. A medida que se maquillaba, cambiaba su tono de piel, ahora era blanca, como si fuese de raza albina, sus labios de un rojo intenso, parecía un muñeco de porcelana. Minutos más tarde Mayito salió de su camerino, Flor danzaba, los sentidos del personaje que Mayito personificaba se habían agudizado, como si estuvieran sincronizados con los miedos de su amigo. Los ojos de Félix parecían tristes y los de su adversario dibujaban locura y muerte. Justo cuando la presentación estaba por finalizar, Flor levantó sus brazos, perdida entre la música, el público la vitoreaba.

Jim entró al cabaret, luciendo un traje italiano, tejido mixto de lana, de la colección *emotion*, del ilustre Mario Moreno Moyano. Usaba un bastón de color dorado marca Skeleteen Pimp Staff. Giró su mirada, buscando un espacio reservado, cuando volteó al escenario observó cómo la mano derecha de Flor decaía lentamente, poquito a poco. Mayito había disparado, no se había percibido ni notado en lo absoluto, porque al levantar la mano y apuntar con aquella arma, portaba un ramo de flores. Finalmente se mostró, lucia como geisha, como su muñeca Yulima. Al momento nadie se había percatado de que Flor no danzaba, quería cubrir su dolor con su manos sobre la pelvis, donde penetró la bala; todos disfrutaban mientras la bailarina se iba de este mundo, y por si fuera poco, era una de las noches más concurridas. Jim vio que la sangre brotaba de entre los dedos de su flor, entonces corrió. Flor se balanceó y cayó, poniendo en conmoción a los presentes, Jim subía las escalinatas, se pasmó al ver a Krista El en primera fila, dibujando una sonrisita triunfante. El gabacho sujetó a Flor, un disparo a su espalda lo sorprendió, los enamorados quedaron tendidos lado a lado, Flor reclinó su cabeza sobre el pecho del gringo.

El público enmudeció, los aplausos se esfumaron, todos miraban a la geisha que transitaba rumbo al escenario, no había murmuraciones, sino rostros en pánico, Judith y Griselda estaban abrazadas a Steve, no sabían si saldrían vivos de ese lugar, no contenían el llanto al saber a Jim y Félix casi en alas de muerte. Mayito subía los peldaños hacia el escenario, aplaudía como un demente, la muñeca geisha que tanto amaba y protegía, la había vestido como varón, la dejó caer entre la gradería, nadie aún se explicaba qué sucedió, dos heridos había y jamás una bala sonó.

—Yo soy la única reina de la noche, te dije que este era mi lugar, te dije que esta noche era mía. Todos concentrarán su atención en mi belleza. ¡Querida clientela, no se pierdan ni un pestañeo! —volvió su vista a los caídos, que aún seguían con vida—. Quiero disfrutar hasta verte cerrar tus lindos ojitos de miel empalagosa —agarró una rosa, empezó a deshojar una revelación por cada pétalo que arrancaba—. A ver, cariño, ¿te acuerdas que solíamos cortar florecillas de los jardines en las casas de los riquillos?, nos sentábamos aquitar pétalo por pétalo, diciendo que tendríamos buen futuro o no lo tendríamos; a veces nos salía que nos iría muy bien, pero era solo un juego.

—Mayito, no más —le decía Flor.

—¿Quién crees que buscó a tu ex Alex? ¿Quién crees que le contó a Krista El que eras la otra en la vida de este infeliz? Ay, mira otro pétalo se le cayó a la florecilla, así como vamos, quedará el puro tallo. ¡Yo! ¡Porque te odio!, porque tienes suerte en todo: eres bello, todo el mundo estaba para ti, y a mí ni el diablo me cortejaba —Mayito se encontraba atormentado entre la locura y la nostalgia.

—Mario, eres la misma —Félix lo había reconocido como la mujer que un día se interpuso en la relación que tuvo con Alex.

—¡Párale ya Mario! —vociferó Alex desde su asiento en primera fila, el cual se lo había patrocinado el demente muchacho, ese mismo que lo volteó a ver nocivamente, se acercó hacia Alex, embistiendo le decía:

—Qué tierno es Alex, ¿te acuerdas de que te traicionó?, fue conmigo, siempre fuimos amantes, ¿verdad, Alex?, ¿o, me vas a negar como lo hacen todos?, haciéndose pasar por solteros, o porque soy feo, pobre o mayor que tú. ¡Qué poco valor le dan a su amor! La verdad Alex está muy bueno, pero aun teniendo buen dote no sabe hacer bien las cosas, es que papito Dios les da mucho a quienes no saben sacarle provecho, y a los que podemos no nos da nada.

—Perdóname, Félix, esta sanguijuela no es humano, es un monstruo —Alex denigraba a Mayito.

—Alex, mi amor, dime, ¿qué es la vida para ti?

—Un instante preciado que se debe disfrutar, cosa que no sabes hacer —respondió Alex, Mayito le apuntó con la pistola y le dijo:

—Pues en un instante también te puedes borrar —volvió a dirigirse a los amantes tendidos sobre el escenario.

—Te dije que la perra de perras era yo, tú fuiste un tonto, creíste en la amistad y en el amor, pero todo es falso. Tanto amabas a Alex, tanto te prometía él, te veía y luego yo estaba en su cama. Mi vida, el amor vale un pepino y tu mueres ahora por él. Y mira lo que tengo acá: las cartas para el gringo, ¿qué tal si leo esta?

—¡No! —se opuso Félix.

—Déjalo, quiero escucharla —decía Jim.

No se sabía si alguno de ellos dos sobreviviría a la locura de Mayito.

Capítulo 12
Muerte y suicidio

Mayito abrió el sobre de papel viejo, atado con cordoncillos vetustos, mientras tanto Jim protegía a Flor de la lunática geisha Yulima.

—*Como quisiera que pudieras interpretar mi sola mirada* —leía Mayito—, *mis nervios y mis expresiones, que leyeras lo que mis gestos quisieran que usted supiese. Ojalá usted valorara lo que mi cuerpo, alma, mente y corazón sienten por usted.*

—Quizás nunca se lo haya dicho —interrumpió Jim—, y no le he podido declarar amor, porque el honor y una promesa de estar con ella hasta que la muerte nos separe, fue lo que no pude romper. Procedo de una estirpe que empaña la palabra y no se retracta, no siempre el amor es lo que une a una pareja, también el honor y las promesas.

Frenético, Mayito embestía contra Jim:

—¡No interrumpas!, o la próxima bala en salir de esta arma será para tu mami, ¿entendido? —una vez lograda su intimidación, prosiguió la lectura—: *A veces quisiera correr, gritar, escribir, soñar y vivir su nombre, como si fuera un tatuaje sobre mi cuerpo y alma. Jim, usted es un ser hermoso de pies a cabeza, tiene todo mi corazón, tiene cautivo mis sentimientos, mi alma y mente no dejan de dibujarlo. Cierro mis ojos y lo veo, lo pienso y me enamoro más de usted, lo veo como si fuese la primera noche que entró por mis ojos, y como sangre por todas mis venas su nombre recorre. Por más que intento querer olvidarlo, no puedo, intento iniciar un romance con otra persona y no puedo, tú estás presente en mi mente y corazón, sé que debo desligarme de ti y decirte adiós* —dio vuelta a la página de la carta, leía con tono burlón—. *Conocí a un hombre, muy bueno, está enamorado de mí; pero más yo no de él, yo te quiero a ti, y tú eres para otro, somos como un triángulo de pasiones, yo amándote a ti, tú amando a tu amado. Al final, la típica persona dolida sigo siendo yo, sola y sin ti. Gústeme o no, yo lo respeto, no eres para mí, aunque al perderte sea como si el sol se apagase sobre el firmamento y jamás volviese a dar luz, dejándome en eterna penumbra. Mi corazón duele mucho, pero respeta lo ajeno, prefiero que me conozcas por buen corazón, que por perjuicios. No voy a destruir tu dicha, porque tu dicha es mi dicha, si me dices «soy feliz», sabré que valió la pena botar mis lágrimas, porque al final tu dicha me hará feliz... Quisiera luchar por mis anhelos, quiero luchar por mis sueños, y mi sueño eres tú, mi buen amor prestado. Dime, ¿cuáles son tus intenciones conmigo?* —Ignacio el bailarín enjugaba sus lágrimas al escuchar aquello escrito por quien él ahora estaría dispuesto a dar su vida, mientras Krista El deseaba darle otro par de disparos a Félix y a Jim, aquella carta había desnudado un amor tan efusivo que parecía casi una obsesión.

—¿Esa carta la hiciste para mí? —le preguntaba a Flor.

—Sí —contestó débilmente.

—Es lo más bello que alguien me ha dado —contestó él.

—¡Qué ridículos! —gritó Mayito.

—Me dijiste que me traerías la respuesta de tus intenciones para conmigo, junto con una flor —mencionaba Félix.

—Es muy tarde —respondió entristecido y adolorido.

—Tarde o no, la quiero escuchar; dímela.

—Mira el Cabaret, he traído un edén en lugar de una sola flor, porque tú mereces todos los edenes del universo. Había decidido ser el protector de la flor más bella del paraíso; pero decidí muy tarde, me habían avisado de la plaga, y la plaga acabo con la flor y el cuidador. Hoy muere la flor más bella y con ella su guardián. No llores, mi amor, juntos iremos en adelante y llegaremos ante nuestro creador, para que nos agasaje con nuestra unión eterna —decía Jim, pero ya no habría tiempo de vivir un amor como lo soñaron.

—Tú tampoco llores, mi amor, solo han arrebatado nuestros cuerpos físicos, nuestras almas se amarán por siempre —susurraba la voz moribunda de Félix. Mayito enloqueció aun mas, decidió sentarse en el piso, muy cerca de ellos. Cogió otra de las flores, la estrujó con rencor, después levantó otra, arrancó pétalo por pétalo.

—La flor se quedó sin pétalos y sin cuidador, por falta de ambas cosas murió la flor —lloraba como un loco, se aproximaba a él la malvada Krista El, esa que le gritaba:

—¡Maldito!, te dije que cortaras de raíz a la estúpida flor, no a mi marido —Mayito gateó hacia ella, aún hallándose en el piso, con la pistola entre manos, le respondió:

—Estúpida, ¿no escuchaste que se aman? Mejor viuda que divorciada, perra inútil. ¿Tienes seco el cerebro o qué?

—Yo me largo, que te encierren a ti, por desquiciado y asesino —dijo ella, cuando se dio la vuelta tropezó con Griselda, que apareció acompañada de agentes de la policía.

—Amiga, te presento a mis nuevos amigos. Oficiales, ellos dos planearon la muerte de ambos.

Arrestaron a Krista El, después de la exposición de Griselda, Mayito le apuntó a los policías.

—¡Aún no termino! Ay, florecita, qué cruel fue la vida contigo. Mira, sigues penando para morirte, sigues sufriendo, mi amor, ¿no que tú eras la flor sin retoño? ¡Ya muérete, estúpida! —hablaba y hablaba, apuntando contra Flor y Jim, nadie en el publico quería morir por una bala perdida.

—¡Entrégate, Mayito! —le gritó Alex, consiguiendo que aquel voltease a mirarle con repulsión.

—¡Cállate!

—Te quiero mucho, Mario —le dijo Félix, Mayito se sentía contrariado, por un lado, Alex convenciéndolo de que se entregará, y por el otro, Félix intentando llegar a su corazón.

—No, ¡tú mientes!

—No, Mayito —le decía Félix.

—Flor, por cada pétalo que me diste una alegría me robé, aunque para ti amar siempre fue un error. Perdón, no quise hacer eso, solo quería asustarte, me querías dejar solo —abrazaba el inmóvil cuerpo de Félix—. Sabías que era lo único que tenía en la vida, tú eras mi hermano, mi amigo, mi novio, mi esposo, mi todo. Y me querías dejar solo por ese gringo, tú sabías que yo le temía a la soledad, que soy un suicida, que sin ti me suicidaré. Por eso, Félix, perdóname. Me iré contigo de esta vida tan miserable que nos tocó, donde el amor fue nuestra peor desdicha; al final me dejaste solo porque tuve que matarte, y yo voy para el infierno por asesino, ni Dios ni el diablo se acordaron de dos miserables abandonados de las calles, burlados por la sociedad, despreciados y negados al amor, por inocentes y homosexuales. Jamás se me vio como ser humano. ¡Maldita humanidad!

—¡Le arrebataste la vida! —gritaba Alex, desconcentrado a la perturbada geisha que lloriqueaba por remordimiento.

—No, Alex, esa la arrebataron sus falaces amores, tú el día que la traicionaste, y este güero cuando le dijo que era casado. Además, a Flor no pudo arrebatársele lo que no tenía: vida —profundizaba, aún encontrándose devastado.

—¡Me alegra ser viuda! Soy rica, y sin estorbos —dijo Krista El y se dirigió al asesino—: tú a la cárcel, la florecita y mi marido a cincuenta metros bajo tierra, y yo a disfrutar la fortuna de los Jones de del Conde.

—No lo creo, mi cielo —fraseaba Mayito, entre carcajadas le apuntó a Krista El—. Que el diablo te lleve, porque ese fue quien te trajo, y a él perteneces, plaga mortífera. Mi Flor supo darle a tu marido lo que tú por piernas calientes perdiste. ¿Qué crees? —se puso de pie, se acercó un poco al escenario, sudaba y se tambaleaba como si estuviera ebrio—. Te compré un pasaje en primera clase, irás al infierno. ¡Adiós, cucarachita!, goza tu fortuna color fuego —Mayito disparó al corazón de Krista El, una vez consumado otro crimen, como si nada volvió donde yacía sin vida su flor junto al cuerpo del gabacho.

De momento estremeció con sus lamentos y llantos.

—¡Maldita flor!, yo fui su todo, y la muy infeliz me traicionó, se quería casar con un miserable gringo —miraba al dj, de presto le gritaba—. Ahora exijo me complazcas con mi canción, tengo que bailar.

Contra la voluntad de todos bailoteó, interpretó una triste canción, al momento de culminar con su presentación, exigió ser loado, sin que se diera cuenta, Alex se había movido de su butaca, apagó la luz, asustado, el loco muchacho exigía que devolvieran la luz. Cuando las prendieron nuevamente, los policías lo tenían esposado, aun así, el siguió hablado por su herida del alma.

—Se murió mi flor. Una flor ha muerto. Han matado una flor. Han matado a una flor y a su mozo cuidador, aquel cuyos cabellos eran los rayos del sol, ojos color miel, corazón sabor a amor.

»Sembré una flor. Acorté una flor. Yo no la maté, él la acortó. Él la mato de amor, yo no fui. El amor la asesinó.

Mayito, parecía marearse, tambaleando entre los dos agente de policía, él los miró y les dijo:

—Oficiales, voy a morir; tomé un trago envenenado —mientras se maquillaba para transformarse en Yulima, había depositado veneno sobre su trago— ¿Saben?, le tengo miedo a la soledad, por eso preferí suicidarme, conté el tiempo justo para morir, y lo logré. No creo que mi cuerpo sirva de mucho en prisión —Mayito cayó muerto en brazos de los policías.

Todo había oscurecido mucho más que la misma noche, y de esta forma el anciano Félix volvió de sus recuerdos, seguía junto al otro anciano, que era Jim.

—Esa desafortunada noche, Ignacio discutió con las señoras Judith y Griselda, quienes intentaron llevarse mi cuerpo junto con el de Jim, en su alegato él afirmó ser mi novio. Las chicas de cabaret lo confirmaron, esa noche don Fred se hallaba en Europa, ajeno a la tragedia. No supe que más pasó, después pasaron cinco años en los que estuve en un coma total, puedo contarte que tuve un sueño, era tan hermoso que parecía real. Soñé que me casé con mi amado Jim, contigo, mi vida —le decía el viejecito Félix a su viejito Jim, y de esa forma las evocaciones del anciano que un día fue conocido como *la flor del paraíso*, volvieron a llevarlo a esa época de juventud, donde se encontraba en un enorme y ostentoso salón de recepciones. Griselda y su esposo Steve transitaban alrededor del salón, contemplando a los invitados, pues, después de la tragedia celebraba una boda, no habían fallecido Jim y Félix.

—¡Llegaron los novios! —gritaba Griselda como loca, como si ella fuese la novia.

—Qué honor ser los padrinos de matrimonio de Félix y Jim —mencionaba Steve, y la señora Judith se acercaba a ellos, les compartía su felicidad.

—Gracias a ti ese par de desquiciados no lograron sus objetivos —dijo Judith.

—Le prometí devolverle a su hijo feliz —le respondía Griselda, con un trago en mano.

—Lo has cumplido y me siento feliz, al fin mi hijo encontró el verdadero amor.

Los recién casados, Jim y Félix, se propiciaron un impetuoso beso de amor. Se veían tan lindos, los dos con trajes de sastre escocés, confeccionado con poliéster rosa no elástico, con forro de satén verde azulado, chaquetas de traje para hombre con dos botones rosas en el medio y dos bolsillos falsos a cada lado. Los dos lucían el mismo traje, con camisa blanca y zapatos de charol negro, parecían verdaderos príncipes. El anciano había concluido sus evocaciones con aquel loado beso, que provocó a las demás parejas repetir ese beso. Al volver a la realidad, el anciano Félix prosiguió su triste relato.

—Al despertar del coma, la boda no había existido más que en mis sueños, no estabas, solo tenía a Ignacio. Me contó todo, lo recordé de pronto que no tenía a Mario. Al transcurrir de los meses me casé con Ignacio, prometiéndome amarlo; pero no como amaba a Jim, con el tiempo decidimos adoptar una hija.

Tuvimos una vida difícil, no lo conseguí amar como merecía, se quedó conmigo hasta su muerte; pero me golpeaba, me humillaba, y siempre me decía cosas que me hacían recordarte. Lo perdoné muchas veces, no por amor, sino por mi hija y luego por mi nieta. Él murió cuando ella tenía cinco años de edad, de un ataque de epilepsia, misma causa que le arrebató la vida a mi única hija, quien me dejó por compañía solo a una nieta, mi hermosa Mary, la actual Jazmín del Paraíso. Eso es lo que pasó durante todos estos años, quizás omito cosas, perdona, pero es ya mi edad. La verdad es que recordar me hacía daño, recordar me hacía perder el interés en el amor. Le pedía fuerzas a Dios para olvidarlo y no podía, le pedía fuerzas para volver amar, volver a vivir. Era inútil —Algunas veces, Félix olvidaba que allí con él estaba Jim, aunque hablaba de él como si lo hiciera con otra persona, eran ya achaques de la edad. Allí estaban los dos, en la mesa del rincón, en el Cabaret El Paraíso.

—Todo fue un sueño que tuve durante mi estado del coma —dijo Félix, aun lastimado por lo que no fue—. ¿Estas casado?

—Un príncipe rara vez está soltero. Fue hermoso, yo me casé siete años después que tú desapareciste, no perdí la fe, supe que un día te encontraría, y he aquí, Dios cumplió mi deseo.

—Somos demasiado mayores como para perder tiempo, ¿que tal si hacemos la mayor locura de nuestras vidas? —le propuso Félix, consumiendo aquel vaso con agua.

—¿Todavía se te antoja? —le pregunto el gabacho Jim.

—Viejo sinvergüenza.

—Yo todavía puedo —le contestó Jim. Félix tomó de la mano a Jim, por un momento se le figuró ver como las personas en el cabaret lo miraban como si estuviesen locos.

Era la noche del jueves 14 de enero del 2021, a la orilla de mar, la luna resplandecía hermosa mientras Jim y Félix, tendidos sobre la arena de la playa Santa Mónica Pier, California, escuchaban música. Félix había sincronizado su teléfono móvil a una bocina bluetooth que cargaba Jim en su automóvil, escuchaba la melodía «amor de hombre», muy conocida interpretación de la banda Mocedades, balada romántica que vio la luz allá por el año de 1982, esa que, a pesar de las nuevas generaciones, seguía conmoviendo a quien la escuchase.

—Si no es hoy, será mañana, más bien cuando Dios quiera que este contigo, si él quiere nos dejará amarnos, y si no, nos amaremos después de nuestras existencias —susurraba Félix, mientras sentía el calor de la mano del anciano Jim, ese que le hizo saber que ya Dios había dado permiso para que estuvieran juntos.

—Para el amor no hay edad, y yo te amo —le decía Jim, conquistándolo con su encantadora sonrisa.

—Te amo. Toma, esta es mi última carta de amor para ti, Jim, la escribí la noche de la tragedia —Félix le dio la carta, en el interior de aquel sobre estaba el amor en letras, salvaguardado por listones rojos.

—La leeré de inmediato —decía Jim, su locución en español era perfecta.

—Adelante. Que sean tus palabras la música que me despida de este hermoso mundo —decía Félix, reclinando su cabeza en los regazos de Jim

—*Te amo, Jim, te lo expresaría en todas las artes, lenguas y formas posibles de expresar el amor en este precioso mundo de colores.*

Te amo, Jim, te lo diría en todas mis existencias, te lo repetiría en todos mis sueños, en los 59 segundos de un minuto, en los 60 minutos de una hora, en las 24 horas de un día, en los 12 meses del año, en los 365 días del mismo año. En mis desvelos, anhelos, sueños, enfermedades, pobrezas, riquezas, en todo momento te diría cuanto te amo, es más, te lo diría aun después de esta existencia terrenal, y en cuantas existencias nos tocase vivir —Jim pausó la lectura, le dio un beso a su amado viejito—. *Te amo, Jim, y no sé por qué, aunque tú no sientas nada por mí, yo si te amo, te pienso, te suspiro y te sueño. Me afecta saber que eres ajeno, pero me hace feliz que estés feliz con quien tu quieres estar, siento celos de una historia que no hemos empezado a escribir juntos, que quizás jamás escribiremos, a menos que tomes mi mano y empuñemos la pluma sobre el papel, que nos envolverá como sabanas. ciñendo nuestros deseosos cuerpos. Solo si tomas mi mano asiremos esa pluma que pintará nuestra gran fabula de amor.*

Félix sucumbía sobre los brazos de Jim, quien, tras verle muriendo lento, pausó la lectura de aquella apasionante carta de amor. A los pocos minutos, Mary, la nieta de Félix, lo encontró en la playa, estaba dormido, con ayuda de su novio Joan Jones, hijo de Jim, fue que lo pudo despertar, ayudándolo a levantarse.

—Abuelito, no sé a qué horas te saliste del cabaret —le hablaba con cariño a su abuelo.

—Esta ebrio —mencionó Joan.

—Hay que llevarlo al vehículo, cada vez me preocupa más, pierde sus facultades mentales, confunde el pasado con el presente. Me da miedo que se lastime, ahora que nos casaremos nos lo llevaremos a vivir con nosotros —le decía Mary a su novio Joan.

—Jim vino por mi —les dijo Félix, los dos permanecieron enmudecidos, no le prestaron atención, creyeron que lo decía por culpa del alcohol.

Capítulo 13
La despedida del amor

Mary había salido en busca de sus preparativos para la boda con Joan, su abuelo quedó a cargo de la servidumbre, estuvo consumiendo licor durante el día, poco antes de que cayera la tarde, sujetó un cofrecito, salió de casa, tomó un Uber a la Playa Marina del Rey, California.

—Era la tarde del quince de enero del 2021, la playa estaba desierta debido a las prohibiciones gubernamentales, a causa de la pandemia de COVID-19. Sobre la arena había una silla de playa, seguramente alguien la olvidó haciéndome a mí un favor. Me senté, miraba la tarde irse, la brisa era refrescante, aún era invierno. En el mar, las olas golpeaban las rocas como la vida me había sacudido a mí. Las golondrinas, las gaviotas, los alcatraces y los pelicanos volaban, comían peces. De presto me levanté de la silla, noté la playa acordonada, la guardia costera, patrullas y ambulancias estaban ahí. Se había juntado un grupo de transeúntes curiosos, mirando a un viejo muerto a la orilla del mar, sentado en una silla playera, un cofre abierto, con algunas cartas, una pequeña tortuga de porcelana, una urna de plata y oro guardaba en un corazón de palta, también el retrato de un hombre rubio, hecho por un profesional. El viejo abrazó una carta, aún puedo escuchar el eco, era la última conversación que tuvo con el amor de su vida, a través de sus teléfonos móviles, en mensajes de texto que había impreso para atesorar con las otras seis cartas de amor. Puedo escuchar al viento trayendo la historia, contándole al mar y al orbe de la triste historia de una flor que vivió su vida esperando que un día su cuidador volviera para reanimarse. Todo había sido un sueño de Félix, Jim nunca volvió, su borrachera lo llevó a la playa, lo hizo recorrer en el delirio para que evocara sus tránsitos por la vida, hasta que, esperándolo a él, a Jim murió. Luego de fallecidos, sus almas se habían encontrado, tomados de las manos dieron su último recorrido por el mundo al que pertenecieron, amándose sin poder estar juntos por cuestiones del honor y moral. Su nieta Mary, acompañada de su prometido, acudieron al lugar del fallecimiento, lo reconoció, leyó una de sus cartas, en la que le pedía unir sus cenizas con las de Jim.

—Mi abuelo siempre vivió esperándolo, olvidó que hace cuarenta años murió Jim —le decía Mary, mirando el mar mientras levantaban el cadáver, se aferraba a los brazos de Joan

—Mi padre despertó del coma, se casó con mi madre, que estaba embarazada de alguien más, lo hizo para apoyarla, porque la iban a deportar. Y él le ayudó a arreglar documentos y me dio sus apellidos. Antes del primer aniversario matrimonial murió, tuvo recaídas de los daños que sufrió por los disparos —profundizaba Joan.

—Ay, mi viejito, finalmente se encontrará con tu padre y serán felices por siempre —le dijo Mary, notándose triste.

En realidad, hacia treintainueve años había muerto Jim. Félix, al despertar del coma, tuvo un matrimonio difícil con Ignacio, y a medida que envejeció, la memoria le falló. Creía vivo al gabacho hasta su último aliento de vida; pero en realidad estuvo por años conviviendo con el espíritu del hombre de su vida.

Al final de todo Félix, por largo tiempo, había estado delirando, platicando con el fantasma de Jim, que lo había hecho rememorar aquella aventura de amor que un día los mantuvo apasionados. Terminó de recordar la tragedia y su feliz boda de ensueños, cuando le ofreció a Jim ir a la playa de Santa Mónica salió del cabaret creyendo ir tomado de la mano de Jim; pero la clientela lo miraba como si fuera un loco, sonriendo y platicando con un fantasma. Los espíritus de Félix y Jim se encontraron en aquel lugar donde la flor del paraíso había muerto.

—¿Y si nunca estamos juntos? —le dijo la voz de Jim.

—Aun así te amaré como hoy, hasta mi último aliento —le contestaba Félix.

Mientras caminaban a la orilla del mar, se percibía el eco de otra de esas melodías que interpretaba Mocedades, titulada: *Así Fue Nuestro Amor*. A su vez, la voz de Félix seguía narrando un adiós.

—Así fue nuestro amor, se escucha entre los soplos del viento, llevando nuestra historia, esa que no creerán porque han dejado de entender los dulcifiques del amor, como quise haberlo hecho yo, que no estando a su lado, jamás dejé de amarle, re-hice mi vida sin olvidarlo. Que siempre fue, es y será solo mi *amor prestado*[1]. Como del polvo venimos solos,

---

1.   *https://www.facebook.com/hashtag/*

amorprestado?__eep__=6&__cft__%5b0%5d=AZW0fPDwcipJSdtrerjCKijNq8_SQ 21l5emJL-k-

bUeflNQ9MpsBhOhxKoBVK9FdkAzYL2PHoxE65q_QvPRNY50TsarhGpeJP23EU ffxiKm1hH4ZhRC40bWwVJAWQcXjt0A&__tn__='NK-R*

al mismo polvo regresamos; pero está vez viviré contigo y no regresaré solo, sino a tu lado, porque seremos un mismo polvo. Solicité a mi nieta en mi última carta que pusiera mis cenizas con las tuyas, en esa urna en forma de nuestros corazones. Allí reposaremos tú y yo, nuestras cartas y nuestra historia de amor.

Poco después, los espíritus recorrían las instalaciones del cabaret El Paraíso, donde había nacido y muerto su historia de amor.

—Adiós, amor prestado. Déjame ir esta noche, con esta melodía de amor. Concédeme esta copa, Jim, esta copa es una más en tu nombre, *Qué triste fue decirnos adiós*, ay José-José, qué bella melodía. Adiós, cabaret El Paraíso —empezó a mirar a todos aquellos que formaron parte de su vida, gélidos como maniquíes, de cada uno se despedía con sonrisas de placidez, luciéndose del brazo de su siempre amado Jim—. Adiós, Mayito; adiós, Keila; adiós, Krista El; adiós, Ignacio; adiós, Griselda; adiós, Steve; adiós, suegra Judith, empleada, Fred, Alex. ¡Adiós a todos! Los disfruté, me dieron una sonrisa grata. ¡Adiós, público! Salud con nuestro trago favorito, un *adiós motherfucker*.

Félix y Jim se despidieron de todos y cada uno de aquellos que fueron parte de esta historia que concluyó con su muerte.

—No todos los seres que se fecundan consiguen nacer, no todos los amores que nacen se llegan a cristalizar, algunos solamente brotan para ponerte en solemne condena de amarles siempre, aunque jamás los tengas contigo físicamente, así le sucedió a una flor y a su cuidador —dijo Jim.

About the Author

Wilian Antonio Arias nació en el municipio de El Sauce, en el salvadoreño departamento de La Unión, en 1987. Aunque en un principio se estableció en Washington, D.C., y Virginia, actualmente radica en el Estado de Los Ángeles, California. No hay duda que Arias añora el lugar donde tiene sus raíces: San Juan Galares; ya que todas sus novelas y cuentos giran alrededor de hechos —algunos reales y otros producto de la imaginación— que suceden en los sitios que fueron parte de su vida: ríos, haciendas, caballos, vacas y todo tipo de animales domésticos que son parte del quehacer diario en los hogares campesinos de los países latinoamericanos, en especial en el oriente su país. Arias solo logró finalizar sus estudios de secundaria (bachillerato) para emprender junto a su madre el viaje con rumbo Norte. Su travesía por Guatemala y México hasta llegar a Estados Unidos estuvo llena de todo tipo de obstáculos, como sucede con la mayoría de inmigrantes. Pero también ha sido un obstáculo su adaptación a una cultura diferente. Sin embargo, a pesar de la dureza de los cambios, Arias encontró el ambiente perfecto para desarrollar sus dotes de escritor autodidacta, que lo practica desde que era un niño. Hasta la fecha el joven autor ha escrito seis libros que han sido publicados por la editorial Palibrio, SHARED PEN Edition y FT Editores § Sherezade Martinez.

Read more at https://www.amazon.com/-/es/ WILIAN-ARIAS/e/B00BSWC4Z8/ref=aufs_dp_fta_dsk.